新装版

ぼくは戦争は大

せたかしの平和への思い

はじめに

この本は、ぼくの戦争体験を綴ったものです。

自伝などの中で簡単に戦争のことをお話ししたことはありましたが、戦争体験だけをまとめて話すのは、これが初めてです。

ぼくは、昭和15年から5年間、日本陸軍の兵隊でした。でも、よほど運がよかったのか、激戦地には行かずに、大きな戦闘も経験せずに生きて日本に戻ってきました。

ぼくはもともと、戦争も軍隊も大きらいです。戦争のことを思い出すのも、話すのも嫌だったので、これまでほとんど戦争のことは語らずにきました。長年一緒にいるスタッフにも、戦争の経験はほとんど話したことがありません。

たまに、「ぼくは兵隊に行ったことがあるんです」とお話ししても、「嘘でしょ」という反応が返ってくることがほとんどでした。それくらいに戦争のことは、きれいさっぱりと忘れていたのです。

今頃になって、なぜ戦争中のことを話す気になったのか、というと、ひとつにはぼく自身が90歳を超えて、同世代にはもう戦争体験を語れる人がほとんどいなくなったことがあります。

戦争を語る人がいなくなることで、日本が戦争をしたという記憶が、だんだん忘れ去られようとしています。人間は、過去を忘れてしまうと同じ失敗を繰り返す生き物です。

ぼくは、もうお墓も戒名も決めて、いつ死んでもいい状態だからいいのですが、もし日本が戦争になったら若い人たちがかわいそうです。

激戦地で大変な思いをしたみなさんからすれば、「なんだ、本当の戦争はこんなものじゃなかった」とおしかりを受けるかもしれません。でも、ぼく自身の戦争体験、軍隊体験を語ることで、過去の戦争のことがみなさんの記憶に少しでも残ればいい、と思います。

目次

第三章

ようやく故郷に戻る日が来た

おしまいに

取材・構成　中野晴行

造　本　真田幸治
カバー裏・表紙文字　やなせたかし

第一章

軍隊に入ってみたら、こんなところだった

軍隊がきらいなぼくが兵隊に

昭和15年春、ぼくに召集令状《しょうしゅうれいじょう》が届きました。兵隊になりなさいという命令書です。あの頃、男は成人すると徴兵検査《ちょうへいけんさ》を受けて、それに合格すると必ず兵隊にならなければなりませんでした。志願して兵隊になる道もありましたが、ほとんどの人は召集を受けて兵隊になったのです。

徴兵検査は東京で受けても、郷里で受けても良くて、ぼくは郷里の高知《こうち》で検査を受けました。

柳瀬家《やなせけ》はみんな目が悪いものだから、ぼくも視力でひっかかって、徴兵検査は第一乙《おつ》種合格でした。甲《こう》種と第一、第二の乙種は兵隊に適すると判断されるわけです。でも、召集はもっと先のことだろうくらいに考えていました。

日本は昭和12年からずっと中国と戦争状態でしたけど、太平洋戦争はまだ始まっていません。

なぜか、日本では中国との戦争を「戦争」とは呼ばずに「日支事変《にっしじへん》」とか「日華事変《にっかじへん》」と呼んでいました。

そんなわけで、中国大陸では戦争が続いていたものの、国内はまだまだ平和でのんびりしたものでした。

ぼくは銀座の東京田辺製薬の宣伝部で意匠広告関係の仕事をしていました。今で言えばグラフィックデザイナーですね。仕事は楽しくて、充実した毎日でした。

召集令状は「赤紙《あかがみ》」と呼ばれて、本当に真っ赤な紙なんですね。太平洋戦争が始まってから召集された人から聞くと、ピンク色の紙だったそうですが、たぶん物がなくなって安い紙を使っていたからでしょう。ぼくらの頃は、まだ赤いしっかりした紙でした。

表には「何月何日にどこどこへ出頭せよ」という文面。裏には「応召者の心得」という文章がぎっしりと書かれていました。メガネをかけても読めないような小さな文

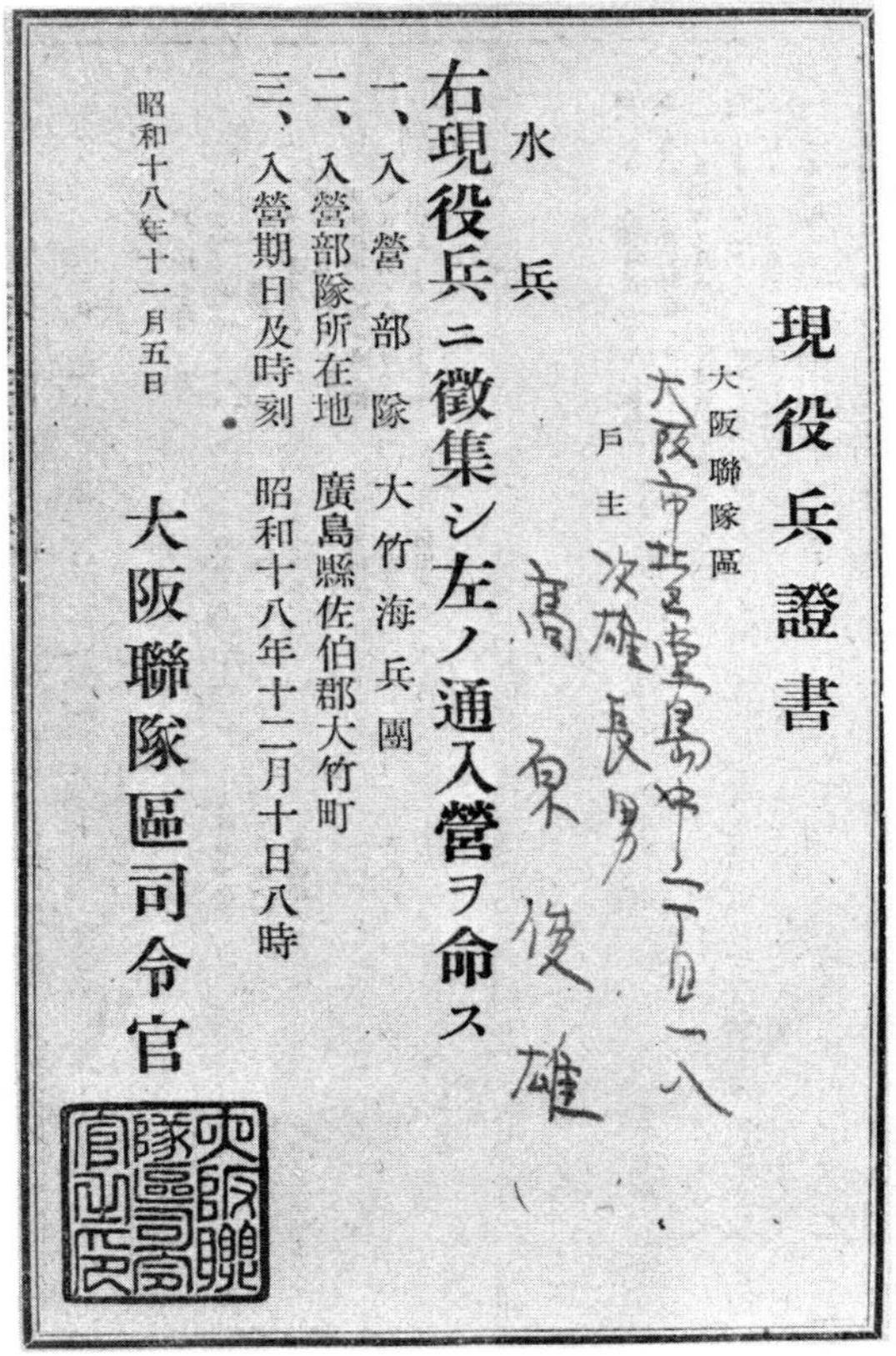

現役兵證書

大阪聯隊區

大阪市北区堂島中一丁目一八

戸主 次雄長男

高東俊雄

水兵

右現役兵ニ徵集シ左ノ通入營ヲ命ス

一、入營部隊 大竹海兵團

二、入營部隊所在地 廣島縣佐伯郡大竹町

三、入營期日及時刻 昭和十八年十二月十日八時

昭和十八年十一月五日

大阪聯隊區司令官

当時の召集令状。写真は海軍に召集された人の令状。

字で、難しい文語体で書かれているものだから、何を書いているのかなんて、はっきりわかりゃしません。「逃げてはいけない」というようなことだったのでしょう。

とにかく、令状が来たら会社も辞めてすぐに兵隊にならなければならないわけです。何人も召集されるので、ぼくらも大変だし、会社も大変です。でも、これはもうしようがないのです。業務の引き継ぎとかそういうこともない。文句なんて言えません。みんななんとか順応していたのです。

最近の若い人は「嫌なら不服申し立てすればいいじゃないですか」なんて言い出しますが、バカ言っちゃいけない。あの頃はそんなことはできないのですよ。

それでも、ぼくが召集されたという話を聞いて、親戚の人たちは心配したそうです。子どもの頃から、管理されるのがきらい、命令されるのがきらいで、団体行動が得意ではなかったぼくに、兵隊がつとまるはずがない、と考えたようです。

「たかしちゃんはきっと嫌になって、脱走してこっちまで逃げてくるはずだ。もし憲《けん》兵《ぺい》に捕まったら死刑になるかもしれない。どうやって逃がそうか」と真剣に話し合った、とあとで聞かされました。

入営は高知ではなく小倉

応召《おうしょう》した兵隊が集まるのは本籍地にある連隊本部です。

ぼくは高知の44連隊に向かいました。汽車賃は自腹です。

汽車と連絡船を乗り継いでなんとか高知まで。

普通ならそのまま、高知の連隊に入って配属を受けるはずなのですが、なぜか、ぼくは小倉《こくら》の連隊に転属されることになりました。

ぼくの父親は、ぼくが子どものときに上海《シャンハイ》で客死していますし、母親もその後再婚して、ぼくと弟は高知の後免《ごめん》で医者を開業していた伯父の元で育てられたのです。その伯父も、ぼくが社会人になる直前に、50歳という若さで亡くなっています。

担当の将校は「お前は係累がないから、どこに行ってもいいな。よし、小倉の第12師団の西部73部隊に入営せよ」と言って、書類にポンと判をついてくれました。血縁者がいない場合などに、ときどきそんなことがあったらしいのです。

ぼくは「困ったなあ。小倉なんて行ったこともないし、知った人もいない。家にも帰れない」と思ったけど、命令ですからね。

でも、これがよかったのです。高知の歩兵44連隊はのちにフィリピンに送られて、激戦に参加しています。あのまま高知の連隊に入っていたら、生きていなかったかもしれません。高知の銀行で働いていた伯父は、軍の経理係としてフィリピンに行って、なんとか生き残って帰ってきました。同じ部隊で生き残ったのは4人だけだったそうです。でも、帰ったときは骸骨のようにやせ細っていました。

まったく人の運不運はわからないものです。

勇猛果敢なる73部隊に入隊

ぼくが入営した西部73部隊は勇猛果敢で知られて、73部隊が来ると日本の他の部隊も逃げ出すというくらいに強者揃いでした。九州のほかに沖縄の人もずいぶんいました。炭鉱関係や荷役関係の人が多くて、それだけに荒っぽいのです。陰湿なのはあまりい

軍服姿のやなせたかし（右）。

なくて、男らしい……俳優の三船敏郎《みふねとしろう》みたいなのがいっぱいいるわけです。

73部隊は、野戦重砲隊です。ぼくが扱ったのは重砲の中でも一番大きい15センチ重砲というやつです。いわゆる山砲《さんぽう》というもので、要塞攻撃に使う大砲です。二輪車に乗せた大砲を馬に牽《ひ》かせて戦場まで持っていって、そこでドカンです。でも、これが怖ろしく旧式の大砲なのでびっくりしました。

後ろから弾を入れて、ドーンと発射すると、反動で二輪車ごと後ろに下がります。二輪車は輸送用だけでなく、反動を吸収させるためのものだったのです。

ドイツ製と書いてあったから、おそらく第一次世界大戦のあとでドイツから分捕ったものでしょう。それほど古いのです。

戦車は大八車

教練の内容も古めかしいものでした。

銃剣に見立てた木の銃を使って、わら人形を相手に練習したりするわけです。

戦車をやっつけるために、たこつぼの中に隠れていて、竿の先につけた爆弾を無限軌道（キャタピラー）の下に差し出してやっつける、という訓練もありました。

昭和14年のノモンハン事件で、戦車の脅威が身にしみたものですから、なんとか戦車をやっつけようという作戦です。

ところが、訓練に使われるのは戦車に見立てた大八車です。怖くもなんともない。われわれは大八車に向かって「ヤーッ」と飛び込んでいく。

こんなことをいくらやっても、本物の戦車が来たらおそらく役には立たないでしょう。それでも、みんなまじめに「ヤーッ」とやっている。

大和魂があれば勝てるはずだと言って、そんなことばかりやっているのです。

「こりゃダメだな」とぼくは思いました。

でも、嫌々やっていると軍隊は暮らしにくいのです。そこでちょっとがんばってみました。

軍隊というのは才覚というか、要領さえ覚えればいいのです。

そうしたらぼくは、あっという間に優秀な兵隊になってしまったから不思議です。

日本軍は旧式だった

小倉は陸軍の町で、いろいろな連隊がありましたが、騎兵連隊があったのにもびっくりしました。今どき馬に乗って戦うのか、と思ったわけです。戦闘機や戦車で戦う時代に馬で戦うのですからね。ずいぶんのんきな話です。

銃も三八式歩兵銃で、「寒夜《かんや》に霜がおりるごとく引き金を引け」と教えられるわけです。今の時代なら先に撃たれてますよ。アメリカ軍はもう連発銃を使っていたのに、ぼくらは一発ずつ弾を込めないといけない。その上に「寒夜に霜がおりるごとく」ですから、勝てるはずがありません。

今にして思えば、日本の軍隊は一時代前のままだったんです。日清戦争と日露戦争に勝って、第一次世界大戦はイギリスの同盟国として参戦して、戦わずして勝ってしまった。船でスエズ運河を経由してヨーロッパに向かう途中で戦争は終わっていました。

それで、このままでも十分に戦えると錯覚してしまったのでしょう。日中戦争が始まっても、当時の中国軍の装備は、日本軍よりさらに遅れていたので通用したのです。なにしろ蒋介石《しょうかいせき》の軍隊は、はだしで唐傘を持って、中国鍋を背負っているような兵隊がいるんです。

それで、最後には「われわれには大和魂がある」です。大和魂なんてあってもダメですよ。

海軍はまだいいんです。海外に出ていろいろ学んでいたので、なんとか追いつこうとしていました。ところが、陸軍は井の中の蛙《かわず》だったと思います。本当は陸軍にもわかっている人がいたはずなんですけどね。陸軍士官学校を出たような人たちは、海外のことも知っていたはずなんです。

軍隊の中もずいぶん旧式で、とにかくやたらと殴られるわけです。いじめとかそういうのではなく、とにかく殴る。

毎週、朝礼で「私的な制裁で殴るのはやめましょう」という訓辞があったくらいです。ところが、訓辞があったその晩はいつもの倍以上も殴られてしまう。そういう世界だったのです。

やれやれとんでもないところに来てしまった。ぼくは暗い気持ちになりました。

馬にもいろいろ

野戦重砲隊はトラックで大砲を運ぶ機械化部隊と、馬で運ぶ馬部隊とにわかれていました。

ぼくは馬部隊に配属されました。

馬部隊の一日は朝一番に厩舎に行くことから始まります。

馬を外に出して、馬の寝わらを全部出してひっくりかえす。エサを与えて、馬の身体を洗ってやる。

それが終わってから兵舎に戻って、洗面をすませて、ようやく食事です。

何事も馬中心です。

馬にもいろいろな癖《くせ》があって、噛《か》みつく馬とか、蹴《け》る馬とか、それぞれに性癖があ

馬に大砲を引かせる砲兵隊。

やなせたかしが配属された野戦重砲隊（後列右から3人目）。

ります。噛みつく馬はたてがみの額のところにリボンがついています。蹴る馬はシッポに同じようなリボンがついています。

こういう馬を攻撃馬と呼んでいました。気をつけているのですが、うっかりすると噛まれたり蹴られたりして、エライ目にあいます。

もちろんおとなしい馬もいますが、攻撃馬というか、荒れ馬もいる。人間にも癖を持った人がいますが、馬にもいろんな馬がいるわけです。

とにかく、馬は賢い生き物で、人を見るのです。人を見て、行動を変えてくるからやっかいです。

乗馬でも馬術のうまい人間の言うことはよく聞くのです。馬もわかっているのですよ。ところが、下手だと思うと振り落としにかかる。わざと走って急に止まったりする。制御できないくらいのスピードで走ったり……。これを「引っかけられた」と言ってました。

でも、そのうちに慣れてくると、今度は馬がかわいらしくなってきます。おもしろいものです。

馬に蹴られ前歯を折る

馬の世話を始めて半年くらいだったか、秋になって、ぼくは蹴られて下の前歯が3本折れてしまったことがあります。

なにしろ、ぼくは東京ではデザイナーですから、馬の世話なんてやったことがない。だからはじめのうちは怖々《こわごわ》、馬の世話をしていました。すると馬のほうも「こいつは新米だな」と思って意外におとなしくしている。

ところが、ぼくも慣れてきて、ついちょっかいを出したくなったんです。おとなしくしているのは馬のほうが慣れてきたからだ、と勘違いして、馬のシッポを引っ張ってみたわけです。馬もシッポを引っ張られたのではかなわないから「この野郎」と蹴っ飛ばす。

将校が乗る馬は脚の細い、競走馬みたいな馬ですが、ぼくたちの馬は、大砲を引っ張るので馬力のある輓馬《ばんば》という種類です。脚が太いのです。

名誉の負傷ですが、前歯3本ですんだのは当たり所がよかったのでしょう。

そのときは、軍医殿がちゃんと治してくれましたが、銀色のアマルガムの義歯だったので、笑うと目立つんですよ。丈夫な義歯で、除隊してからもしっかりとしていましたが、のちに白いものと交換してもらいました。三越に入った当時の写真を見ると、まだその義歯が入っているので、よほど腕のいい軍医殿だったのでしょう。

噛みつかれたこともありました。

後でお話しする南京《ナンキン》まで馬を運んだときのことです。満州であまりに寒いので馬に抱きついていたら、肩のあたりを噛まれて、ずいぶん長く歯形が残っていました。噛まれると痛いんですよ。みなさんは牙で噛まれると痛いと思うでしょうが、馬の臼歯《きゅうし》に噛まれるのも痛い。あれの痛みはなかなか消えませんでした。

班長殿の世話係になる

軍隊では先に入ったほうが偉いのです。古参兵がずいぶん威張っていました。

古参兵はつまらないことで先輩風を吹かせて、気に入らないと初年兵を殴るのです。

たとえば掃除です。

兵舎の掃除は、縄で床を磨いたあとから、ぞうきんできれいにします。縄でごしごしやるのは辛いですよ。

ところがそれをやらないと、古参兵からいじめられるので、初年兵はわれ勝ちにそれをやる。ぞうきんがけは楽だけど、ぞうきんがけばかりやっているとたちまち古参兵からにらまれるのです。

兵舎の中では、班長が偉いのです。

ぼくたちの班長は、さっき書いた三船敏郎みたいなタイプの九州男児でした。

入営早々ぼくは、班長殿の当番兵を命じられました。

「お前は学校を出ているから班長殿のお世話をしろ」というわけです。学校を出ているから気が利くと勘違いされたんでしょう。

なにしろあの頃の軍隊には読み書きがまるでできない人もいたんですよ。

そういう人たちに、いろはの書き方から教えるのも班長の仕事でした。

学校を出ているから、ぼくがいろいろできるに違いないと思われてもしようがないかもしれません。

ところが、ぼくはそういうことが全然できない人なんです。ぼくは人に世話をしてもらうのは得意だけど、人の世話をするのは苦手なんです。

軍隊にはちょっと女っぽいヤツもいて、世話を上手にできる人もいました。だけどぼくは全然ダメ。苦手なんです。

自分のこともちゃんとできないぼくが、班長殿の靴を磨いたり、襟章《えりしょう》などの襟具《えりぐ》を縫ったり、日常の細々《こまごま》したことをみんなやるわけだから大変です。

衣類を畳むのも真四角に畳まないといけない。ぼくはそれがどうしてもできなくて往生《おうじょう》しました。

人間万事塞翁が「馬」

班長殿の世話係になって、ひとつだけよかったのは、終始班長殿にくっついている

映画「真空地帯」のワンシーン。「真空地帯」山本薩夫監督　©独立プロ名画保存会

おかげで、いじめを受けずにすんだことです。

野間宏さんの小説『真空地帯』には、軍隊内部のいじめが克明に描かれていますが、ぼくのいたところでも同じようなことがありました。

だけど、最初に班長殿の当番兵だったおかげで、ぼく自身はそういう嫌な思いをせずにすんだのです。これも運なのかもしれません。

中国の古いことわざに「人間万事塞翁が馬《にんげんばんじさいおううま》」というのがあります。

国境の城塞のそばに住んでいた老人の馬が逃げてしまって、みんなが「かわいそうに」となぐさめてくれると、老人は「この不幸が幸運につながるかもしれない」と言うのです。すると、しばらくして馬は城塞の向こうからいい馬をたくさん引き連れて戻ってくる。みんなが「よかったね」と言うと、「この幸運が不運につながらないとも限らないよ」と言います。すると、老人の息子が落馬して足の骨を折る大けがをします。みんなが「おかわいそうに」と言うと、老人は「この不幸が幸運に変わるかもしれない」と応えます。今度は戦争が始まって、村の若者はみんな死んでしまうのですが、足の骨を折った息子は戦争に行かずに、無事でした。

ぼくの場合は、馬の担当だったこともあったのか、まさに塞翁が「馬」でした。班長殿の世話をしなくてはならないのは不運ですが、いじめられずにすんだのは幸運です。

こんな調子の新兵でしたが、3ヶ月くらい過ぎると軍隊生活に慣れてくるから不思議です。軍隊というところは要領を覚えてしまうと楽なんです。昔からずっと兵隊だったような雰囲気になってきて、「前は東京でデザイナーでした」と言っても信じてもらえないくらいに兵隊らしくなっていました。

その頃になると日曜日や祝日に休みをもらえるようになります。休みの日には外出が認められて、小倉の町に出ていくのです。ぼくは高知出身で小倉のことが全然わからないので、九州出身の仲間に町を案内してもらいました。その中のひとりが羊羹屋《ようかんや》のせがれで、一緒に彼の家に行くと羊羹の切れ端をくれました。あれはありがたかった。ぼくはお酒は苦手なんですけど、甘いものは好きなのです。

小倉では映画も観ました。

軍隊の町ですから、休日はどこの映画館も満員です。洋画も日本の映画も人気で、実演といって、映画とお芝居の2本立てのところもありました。

どんな映画を観たのかは、さすがにもう覚えていません。

試験を受けて下士官になる

入隊して数ヶ月後、ぼくは幹部候補生の試験を受けることになりました。

二等兵を4ヶ月くらいやっていると、上官から試験を受けるように言われるのです。断ってもいいのですが、ぼくは受けることにしました。試験に受かればとにかく一等兵殿です。二等兵は殴られてばかりですが、一等兵になればずいぶんマシになります。

高知で入営してフィリピンに送られたぼくの伯父は試験を受けなかったんです。それは「将校になるといろいろ大変だろうし、経理の事務方でずっとやっていよう」と考えたからだそうです。そのおかげで、激戦の最前線に出ることはなく、なんとか生き残ったのですね。

幹部候補生の試験は、甲幹《こうかん》と乙幹《おつかん》にわかれていて、甲幹は士官候補生。乙幹は下士官になります。

試験はそんなに難しいものではなかったのです。

ところが、前日の晩、ぼくは病馬厩《びょうまきゅう》という病気の馬を隔離する厩舎の不寝番を命じられていたのです。この病馬厩は厩舎からもわれわれの兵舎からも離れていて、見回りもめったに来ないので、ぼくは安心して居眠りをしていました。明日の試験で頭がぼんやりしてもまずいから、試験に備えて疲れを取っておこう、というつもりもありました。

それがばれてしまった。

来ないはずの見回りがやってきて、居眠りしていたことが上官にも伝わってしまった。

試験のあとで上官に呼ばれて、「柳瀬君、君は試験は甲幹に合格だが、居眠りをしたからひとつ下げて乙幹だ」と告げられました。

士官になると、少尉、中尉と上がっていって、下士官は伍長で任官して、軍曹から曹長まで上がります。下士官でがんばって、曹長から准尉になったり、もう一度試験を受けて士官になる人もいるのですが、ぼくはずっと軍曹のまま終戦を迎えました。

ここが運命のわかれ目でした。

そのときは、「なあんだ、下士官か」とガッカリしましたが、将校になった同期の連中は、まもなく満州や中国の戦線に送られてしまいました。

ぼくは下士官としてそのまま内地に残ることになりました。

仲の良かった男は、士官になって満州に送られて、敗戦直前に内地に転属になりました。もしあのまま満州にいたら、ソ連軍の捕虜としてシベリアに送られていたはずです。

暗号班に配属

下士官の伍長になったぼくは、大隊本部の暗号班にまわされました。

暗号班に配属されるとまず暗号の勉強をさせられます。

食事風景。軍隊では班ごとに食事する。

難しそうですが、教練と比べたら、暗号の勉強は楽なものです。教室に座って、乱数表の数字を足したり引いたりすればいいのです。暗号の勉強をしながら窓の外を見ると、ほかの兵隊は教練をやっている。銃剣をエイッ！　ヤーッと振り回しているのです。

ぼくらも教練はありましたが、基本的に大隊本部では、ほかの下士官と遊んでいればよかったのです。教育期間が終わって、本格的に暗号班の仕事をするようになっても、ほとんどのことは部下がやって、ぼくはそれが間違っていないかどうかを確認するのが仕事でした。

ただ、「何月何日何時にどこそこに集結せよ」という命令が暗号として送られてきて、これを解読して隊長に報告するわけですから、とても緊張します。「あの暗号は正解だったかなあ」と不安になるのです。もし間違ったところに集結してしまったら一大事ですからね。ちょっと数字を間違うとまるで違ったところに行ってしまいますから。

ほかに兵器庫係もやっていましたが、これも簡単なものでした。

ぼくは、兵器庫に白い紙を貼って、色のついたテープで武器を分類して管理することを考えました。すると検査では「ここが一番よくできている」と褒められました。

軍曹殿はおもしろい？

軍隊なんてその気になれば楽なものです。

そのほかには、新しい補充兵の教育も任されていました。

ぼくは下士官の軍曹で、班長殿ですから、本来ならぶん殴る立場になったわけです。でも、ぼくは殴ったりするのは嫌いなので、ほかの人が殴っていても決してそういうことはしませんでした。

だから、ぼくは新兵たちの人気者になったのです。彼らのぼくに対する印象は「すごくおもしろい」ということでした。

「軍曹殿の話はおもしろいですねえ」「おもしろい。おもしろい」と言うわけです。

新兵だけでなく、彼らの家族からも人気がありました。

家族が挨拶に来ると、ぼくが班長として応対するわけです。

ずいぶんのちにまで、「息子がお世話になりました。班長さんがいい人でよかった」という手紙をもらったこともあります。この新兵とは別れ別れになりましたけど、結局無事に終戦を迎えた、とずいぶんあとになって知りました。うれしかったですね。

ぼくは自分が班長の世話係を押しつけられて困った経験があるので、あえて世話係をつけることはしませんでした。ところが、誰かしらぼくの世話をしてくれるのが2、3人いる。これも不思議でした。

よくよく考えてみると、学校時代にも誰かしらそういう人間がいるのです。ぼくは不器用なものですから、心配して世話をしてくれるのかもしれません。だから、ぼくはますます人の世話をするのが苦手になったのでしょう。

弟が面会にやってきた

郷里を遠く離れて小倉に入営しましたから、個人的な面会はめったにありませんで

京都帝国大学時代の千尋と母。

した。

ところがある日、2つ下の弟の千尋《ちひろ》が小倉を訪ねてきたんです。千尋は、子どもの頃から人気者で、頭もよく、柳瀬家の期待の星でした。

彼は京都帝国大学を出て、召集されて海軍に入ったのです。その弟がいきなり訪ねてきたのでびっくりです。

航空隊が希望だったけど、柳瀬家はみんな目が悪いので、飛行機乗りにはなれないのです。千尋も航空隊は落ちた、と言いました。

でも、ぼくと違って、士官候補生の試験にもすんなり受かって、海軍中尉になっていました。

弟は小倉の旅館に泊まっていたので、ぼくは外出許可をもらって、弟が泊まっている旅館で、一緒に食事をしながら話しました。

聞くと、海軍の特別任務につくので、最後の挨拶に来たと言うのです。

「なんでそんなものになったんだ」とぼくは怒りました。

若い将校を集めて「特別任務を志願する者は一歩前に」と言われたそうです。千尋は、「志願者は一歩前に」と言われて一歩前に出てしまったのです。「お前そんなものに出るな」と言ったのですが、「みんなが出るのに出ないわけにはいかない」と言うのです。そんなバカな話はない。でも、行かずにはおれなかったのでしょうね。

弟は飛行機がダメだったので、特別任務のほうにまわされたのかもしれません。当時海軍は、秘密兵器として奇襲作戦用の小型特殊潜行艇をつくっていたのです。そのあと何を話したのか、忘れてしまいましたが、やるせない気持ちでいっぱいになりました。

弟の顔を見たのは、それが最後です。作戦のために、輸送船で戦地に向かう途中、フィリピン沖のバシー海峡で、敵の攻撃を受けて戦死した、と聞かされたのは、戦争が終わってしばらくしてからです。

輸送船とともに沈んでしまったそうです。

のちにぼくは、弟に捧げる「おとうとものがたり」という詩を書きました。これは詩人の谷川俊《たにがわしゅん》太郎《たろう》からも褒められたんです。

ぼくはそんなつもりはなかったのですが、「アンパンマンのマーチ」が弟に捧げられたものと指摘する人もいます。それだけ、弟と最後の言葉を交わした記憶が深く残っていたのでしょう。

開戦で除隊がおじゃんに

昭和16年12月8日。日本はアメリカ・ハワイにある真珠湾に奇襲攻撃をしかけました。

この奇襲作戦をきっかけとして、アメリカとイギリスに宣戦布告して、太平洋戦争が始まったわけです。

ぼくらは集合させられて、上官から話を聞かされました。

そして最後に、「君たちは召集延長になる」と告げられました。

通常の召集期間は2年で、ぼくはまもなく、春になれば除隊になって東京に帰れるはずでした。ところが、召集延期になると帰ることができません。

夕刊
東京日日新聞
帝國、米英に宣戰を布告
畏し大詔渙發さる
詔書
英米の暴政を排し
東亞の本然を復す
政府宣戰の使命聲明
政府聲明内容
東條首相斷乎たる決意力說
近代海戰
御名

太平洋戦争の開戦を報じた東京日日新聞。

ぼくは軍隊も戦争も大きらいだから早く戻りたいのに、これはまいりました。一緒に入隊したみんなも、部下たちも同じ気持ちだったんじゃないでしょうか。やっと帰れると思ったのに、がっかりです。

上官は、太平洋艦隊に大打撃を与えたといってましたが、ぼくらには日本が勝ったぞ、という高揚感はあまりなかったと思います。

太平洋戦争が始まってからも、ぼくらの日常はそれほど変化しませんでした。とくに軍紀が厳しくなるということもなく、それまで通りだったと思います。

当時、学生時代からの友人に身体が弱くて徴兵検査で不合格になった男がいて、彼と手紙のやりとりをしていましたが、手紙を読むかぎりでは、世間一般の様子もそんなに大きく変化していないようでした。

中国や南洋の最前線にいれば違ったのかもしれませんが、ぼくがいたのは小倉ですから、大きな変化はありません。相変わらず、大隊本部で数字を足したり引いたりして暗号の解読をしていたのです。

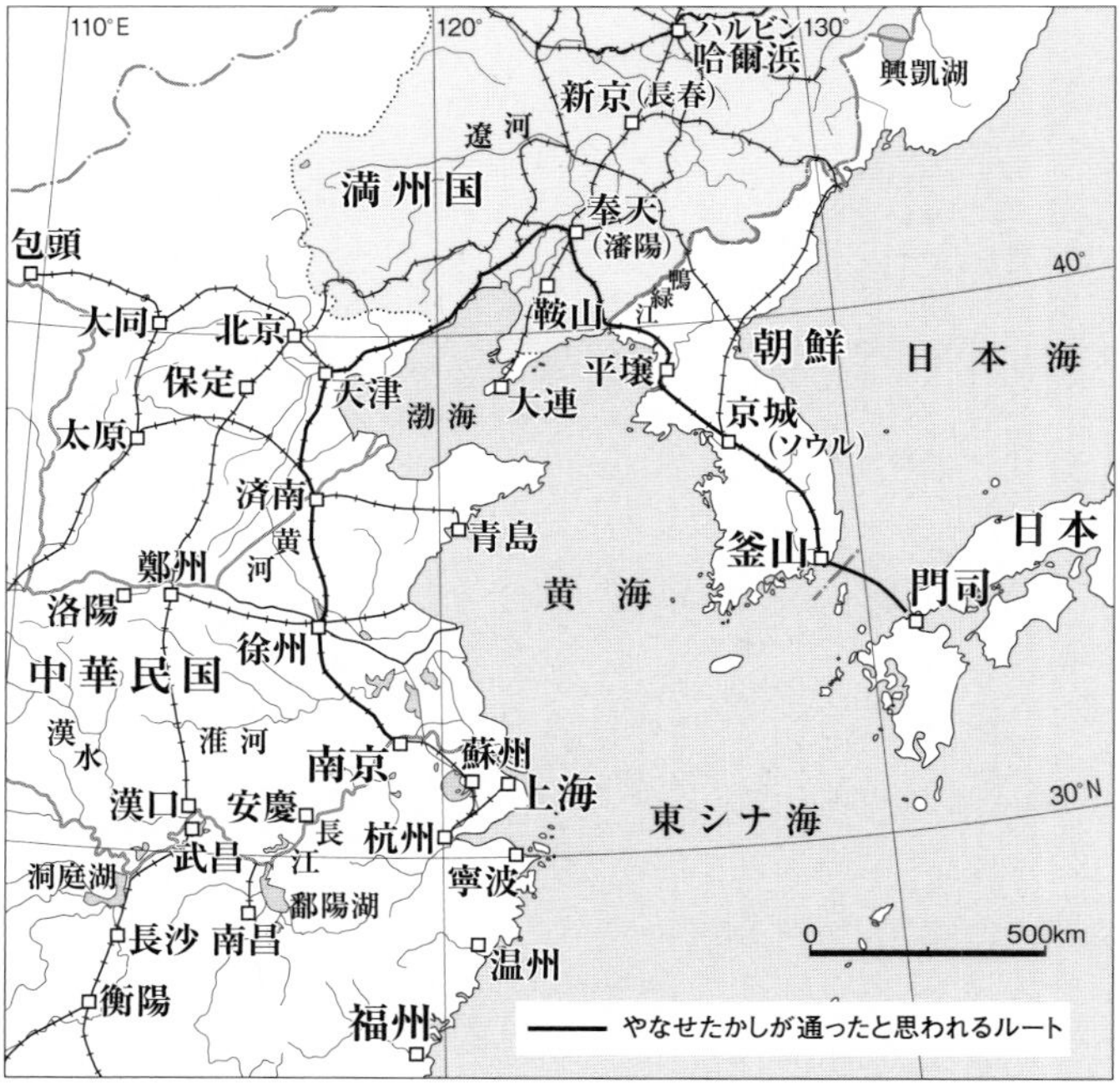
110°E
120°
130°
ハルビン
哈爾浜
興凱湖
新京（長春）
遼河
満州国
奉天
（瀋陽）
包頭
40°
鴨緑江
大同
北京
鞍山
朝鮮
日本海
保定
天津
平壌
大連
渤海
京城
（ソウル）
太原
済南
青島
黄河
日本
鄭州
釜山
門司
洛陽
黄海
徐州
中華民国
漢水
淮河
蘇州
南京
上海
30°N
漢口
安慶
長江
杭州
東シナ海
武昌
寧波
洞庭湖
鄱陽湖
長沙
南昌
0
500km
温州
衡陽
福州
やなせたかしが通ったと思われるルート

南京まで馬を運ぶ

一度、中国に馬を運んだこともありました。門司港《もじこう》から船に馬を積んで、釜山《プサン》まで行き、そこから南満州鉄道《みなみまんしゅうてつどう》で満州を経由して南京《ナンキン》まで馬を届けるのです。

馬が150から160頭くらい。兵隊は20人くらいだったでしょうか。敵に攻められるようなことはなかったのですが、朝鮮では馬泥棒が多くて困りました。

夜のうちに盗まれるのです。朝になって、馬の数が足りないので探索に行くと、意外に簡単に見つかるのです。ところが、相手は知らぬ顔です。「盗んだ覚えはない」と言い張るし、うちの馬だと証明してみせると「返したからいでしょう」と平気で言うのです。

こちらも先を急ぐからそれ以上のことはできないので、向こうもそれを知っているのでしょう。

南京の入城式。昭和12（1937）年12月17日撮影。

何度かそういうことがあって、なんとか全部取り戻しましたが、その度に、探索に行くのだから大変な手間です。それにしても、馬を盗んでどうするつもりだったのでしょうねぇ。

朝鮮を出ると汽車は、いったん満州に入りました。中国の軍隊や馬賊の出ない安全なコースをとるために、いったん満州を経由することになるのです。

中国に入ると馬泥棒は出なかったのですが、満州は寒いのなんの。凍えました。立小便をすると、たちまち凍るほどです。

寒さを防ぐためにぼくたちはずっと馬に抱きついていました。馬は温かいですよ。それで噛みつかれたお話はさっき書きました。

そうこうするうちに、汽車は南京について、馬を引き渡したところで任務は終了です。

南京大虐殺があったとか、なかったとか言ってますが、ぼくが行ったときの南京はごく平和なものでした。町の入り口には日本の兵隊がいて、町に入る者を厳しく検査していましたが、中は平和そのものでした。

南京では、少し時間があったので、映画も観ました。映画は中国製の作品で、何をしゃべっているのか、まるでちんぷんかんぷんでおもしろくなかったですね。中国は映画製作が盛んな国で、当時も自分たちの映画をたくさんつくっていたのです。

町を歩いていても、中国の人たちはぼくらに友好的で、みんなニコニコと応対してくれました。

ちょうどメガネ屋があったので、メガネを新調したりしています。馬を運ぶ途中に眼鏡《メガネ》が壊れてしまったのです。支払いは中国のお金でも、日本のお金でもよかったのです。

食べるものも豊富で、どんなものを食べたのかはもう覚えていませんが、口に合わなくて困るというようなこともありませんでした。

ぼく自身は、南京事件なんてなかったんだと信じています。

■ことばの手引き①

◉徴兵制度

日本では明治維新ののち、太平洋戦争で敗戦を迎えるまで、「国民皆兵」といって、すべての国民男子の義務として兵隊になることが決められていました。もちろん、自分から進んで幼年学校や兵学校に進んで、軍人になる道もありましたが、大半は徴兵、つまり国の命令で兵隊になったのです。

満20歳になると男性は徴兵検査を受けて、検査の結果をもとに甲種、乙種、丙種、丁種に分けられ、甲種合格、乙種合格から順次召集を受けて兵隊になりました。

このほかに、戊種《ぼしゅ》もありましたが、これは病気で入院中だったりして、健康が回復してから再検査を受けることになった人のことです。また、はじめのうちは、一家の主人や家の仕事を続けるのに必要な長男など、あるいは大学生は兵役を免除されることになっていました。

戦争がないときには召集令状が届くと2年間軍隊に行き、訓練を受けて、2年後に除隊して、予備役になりました。予備役というのは、いつもは普通の生活をしながら、必要に応じて軍の仕事に戻ることです。

しかし、1941（昭和16）年に太平洋戦争が始まると、2年間の徴兵期間が終わった人でも、徴兵を延長されて、そのまま軍隊に残されました。さらに兵隊が足りなくなった1943（昭和18）年には、徴兵検査を受ける年齢が満19歳に引き下げられたほか、一家の主や、製造業や建設業に欠かせない腕のよい職人や工員も徴兵されるようになりました。

戦争末期には文化系大学生の徴兵も始まりました。この頃には19歳以上、45歳までの男性のほとんどが兵隊になったといわれています。

◉連隊

軍隊の編成単位のひとつです。戦争がないときには、複数の中隊が大隊を形成し、複数の大隊が連隊。複数の連隊が旅団。複数の旅団が師団という形で編成され、それぞれ中隊長、大隊長、旅団長、師団長が置かれていました。中隊の人数は60人から２００人くらい。連隊は５００人から５０００人くらいのこともあります。

戦争になると、中隊は作戦に応じて小隊、分隊にわけられ、小隊長、分隊長が任命されます。師団、旅団には司令部が置かれ、連隊、大隊、中隊にはそれぞれ本部が置かれました。

連隊の種類には、歩兵連隊、騎兵連隊、砲兵連隊、工兵連隊、戦車連隊、航空部隊などがあります。

やなせ先生が所属したのは、小倉の第12師団で、２つの歩兵旅団、２つの野戦重砲旅団、ほかに重砲連隊１、高射砲連隊１、飛行連隊１、戦車連隊１、騎兵連隊１、工兵連隊１、輜重《しちょう》兵連隊１という編成でした。やなせ先生が入隊した当時、野戦重砲連隊の本隊（第６連隊）は、中国に派遣されていて、先生はその補充部隊である西部第73部隊に配属されました。

大砲が旧式だったのは、新式を本隊が持っていったためだとも考えられます。しかし、日本軍が武器の面でも手薄だったことはわかります。また、暗号班として配属されたのは、大隊の本部でした。

◉召集令状の裏面

召集令状の裏面には、もちろん、正当な理由がないのに召集日に遅れたり、逃げたりすると罪になると書かれていましたが、そのほかにもさまざまな心得が記されていました。

とくに召集を受けた人にとって重要だったのは、交通費の説明です。交通費は、召集令状を見せると割引運賃になること。どうしてもお金がない場合には、最寄りの市町村役場で交通費を支給してもらえること。本人負担分は、配属された連隊で精算されることなどが小さな文字で書かれていました。

ただ、ほとんどの人は令状が届いただけで気が動転して、そこまでしっかり読むことはなかったようです。文字が読めない人もたくさんいました。

軍隊も役所ですから、書面で申請しないと精算もありません。やなせ先生のように気づかずそのままだった人もたくさんいたと思われます。

●士官と下士官

軍隊に入ると、まず二等兵からスタートします。一等兵、上等兵、兵長と階級が上がり、兵長までが「兵」になります。旧制中学や実業学校卒業以上の者が、二等兵を4ヶ月以上経験すると、幹部候補生の試験を受けることができました。合格すると一等兵に昇進して、2ヶ月間の部隊教育を受けます。そののち甲種幹部候補生は軍学校などで1ヶ月の教育後、下士官の伍長に、その3ヶ月後には軍曹。教育期間が満了すると曹長を経て見習士官になります。

乙種幹部候補生は、同じく2ヶ月の部隊教育ののち、さらに部隊で4ヶ月の教育を受けて伍長に、その後もう一度試験を受けて優秀な人が軍曹になります。

甲種の士官は、少尉、中尉、大尉、少佐、中佐、大佐、少将、中将、大将と位が上がっていきます。乙種の下士官は、伍長、軍曹、曹長と位が上がります。曹長を長年つとめ、優秀な人は、准士官の准尉に上がることができました。

●特殊任務

やなせ先生の実弟・柳瀬千尋氏は終戦直前の1944（昭和19）年に海軍が採用した特攻兵器、人間魚雷「回天」の乗員に志願して、フィリピンへの移動中に亡くなっています。

しかし、1943（昭和18）年にやなせ先生が中国に行ってしまっていますから、千尋氏が小倉に先生を訪ねて特攻隊に志願した話をすることはできません。

おそらく、千尋氏が語ったのは、もうひとつの特殊潜行艇「甲標的《こうひょうてき》」の搭乗員に志願したことだと考えられます。甲標的は、1930年代から開発が進み、1939（昭和14）年に建造が始まりました。1940（昭和15）年秋には、海軍に正式採用されて、乗員として若く優秀な士官たちが全国から集められました。

甲標的はバッテリーとモーターが動力源で、魚雷2本を発射することができました。乗員は2名（のちに3名に改良）で、主に奇襲作戦用に使われました。

実戦で初めて使われたのは、1941（昭和16）年12月8日の真珠湾攻撃でした。その後、オーストラリア方面やフィリピンのセブ島などに配備されました。

連続航行時間は50分と短く、大型潜水艦などの母船で戦闘海域まで運び、作戦終了後母船が回収するというプランでしたが、母船がやられてしまうとどこにも戻ることができなくなります。

また、スピードを優先して、大型のスクリューを舵の後ろに取り付けた設計のために、操縦性能もあまりよくありませんでした。これは、設計開発に当たったのが、潜水艦の開発者ではなく、魚雷の専門家であったためとされています。

つまり、実質的には出撃すれば戻れる確率の低い、回天と同じような特攻兵器だったのです。その話を聞いて、やなせ先生は「やめろ」と言ったのでしょう。

第二章

決戦のため、中国に渡ることになって

ついに出陣の日が来た

昭和18年。

ずっと小倉にいたぼくたちもついに戦地に赴《おもむ》くことになりました。

まず、佐世保《させぼ》に向かい、そこから船で上海《シャンハイ》に渡りました。上海で集結して次の命令を待つのです。どこに行くのかは兵隊にはわからないようになっていました。

やがて「上海から船に乗れ」という命令が出ました。それでもどこに行くのかはわかりません。「しばらく海上をまわっていなさい。そこに上陸命令を送る。それまで待て」というのがそのときの命令です。

ぼくらだけでなく、上官にもどこに行くことになるのかはわからないままです。

ぼくらの部隊は、上海で二手にわかれたのですが、わかれた仲間がどこに行ったのかも、もちろん知りません。戦争が終わってから、彼らが中国北部に行ったことをようやく知ったような状態です。生きて帰ってきたから、ようやくわかったのです。

でも、それでいいのです。

もしも、ぼくらがどこに行くのかをわかっているのだったら、スパイは大喜びです。兵隊が知っているような情報は、必ず敵にも漏れるのです。そうなったら、ぼくらは待ち伏せた敵から狙い撃ちされてしまいます。

夜になってようやく、「明朝は敵前上陸だ」という命令が出ましたが、そのときでもまだ、どこに上陸するのかは知らないままでした。

でもさすがに「敵前上陸というからに明日は死んでしまうなあ」と、覚悟を決めました。

船のみんなは、白はちまきをして、軍刀の柄《え》には包帯を巻いたりして勇ましい姿です。刀の柄に包帯を巻くのは、滑りにくくするためです。白兵戦で相手を斬ったときに、血で滑るのですね。

こういうとき、映画では辞世の句を詠んだりしていますが、ぼくらはそういうこと

鉄舟をかついで移動させる兵隊。

はしませんでした。あれは、もっと偉い人たちです。

やがて、空が少し白々としてきました。日が出てしまうと発見されやすくなりますから、未明のまだ薄暗いうちに作戦が始まるのです。

ぼくらは、母船から鉄舟《てつしゅう》という鉄のボートに乗って海岸線を目指しました。

海も空もきれいで、ここが戦場だなんて思えません。でも、ドキドキしてきます。

「いよいよこの世ともおさらばだな」とすっかり緊張して上陸したのですが、海岸には敵もなにも、人っ子ひとりいないのです。

でも、安心はできません。

もしかするとぼくらが上陸することを、敵が察知して、物陰に隠れて待ち伏せしているのかもしれません。ぼくらは緊張したまま、海岸から奥に進みました。

いつまで経っても、敵襲はありません。やがて、のんびりとした中国の農村風景が広がってきました。

ぼくは狐にバカされたような気持ちでその風景をながめていました。

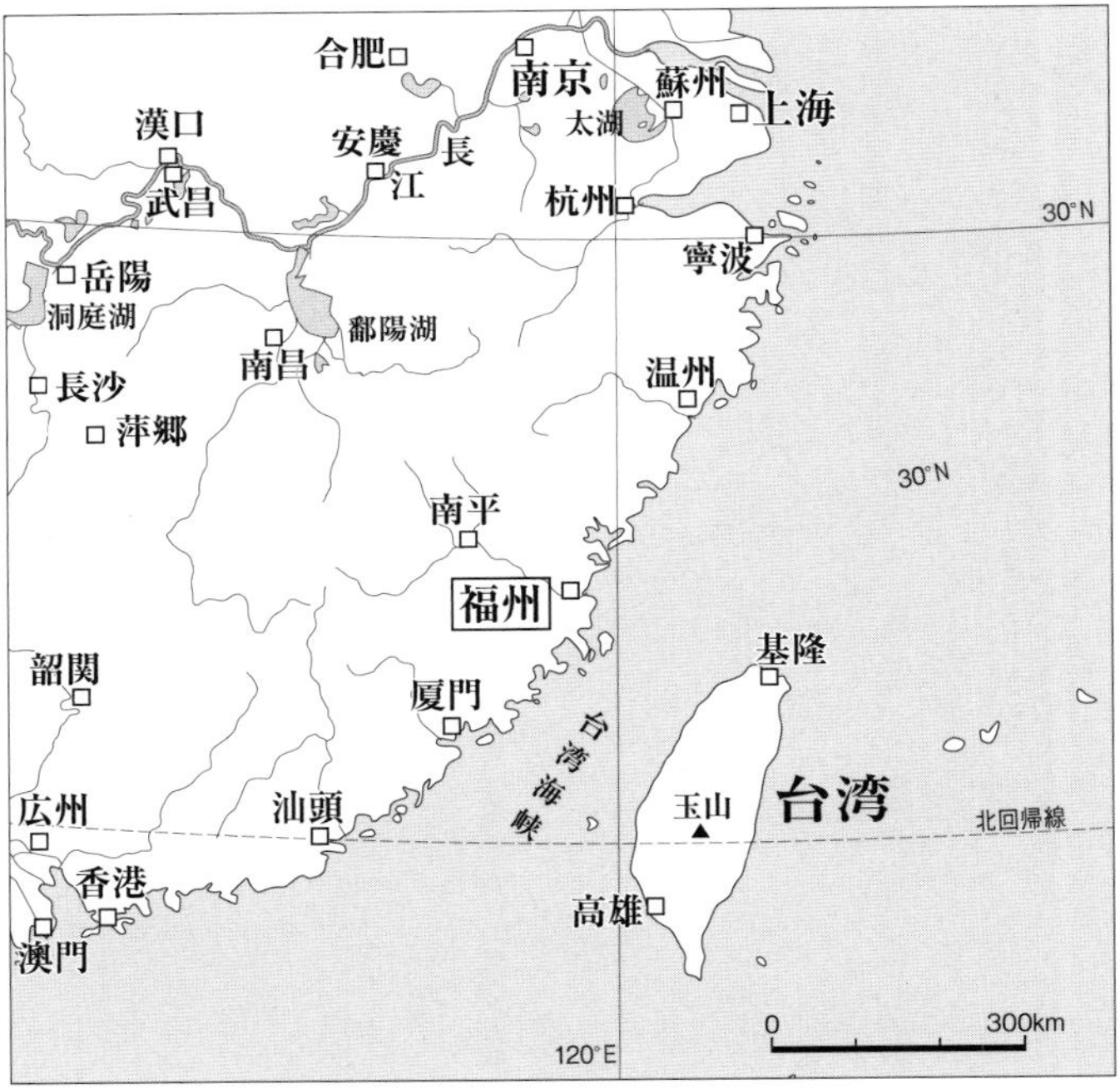
合肥
南京
蘇州
上海
漢口
安慶
長
太湖
武昌
江
杭州
30°N
寧波
岳陽
洞庭湖
鄱陽湖
南昌
温州
長沙
萍郷
30°N
南平
福州
基隆
韶関
厦門
台
湾
海
峡
台湾
広州
汕頭
玉山
北回帰線
香港
高雄
澳門
0
300km
120°E

陣地の穴を掘るのはお手の物

全員無傷で上陸、と言いたいところですが、ひとりだけ犠牲者が出ました。

上陸前に鉄舟からあやまって海に落ちた兵隊がいたのです。事故死です。でも、それではかわいそうなので、「上陸時に敵との交戦で名誉の戦死」ということになりました。

軍隊は生きている者には理不尽なところですが、死者を思いやる心はまだ残っていたのです。

ぼくらが上陸したのは、中国の福州《ふくしゅう》というところでした。

今は福建省《ふっけんしょう》福州市になっていますが、あの当時はまだ、田舎の農村地帯でした。

ぼくらはまず民家を接収《せっしゅう》して兵舎にしました。暗号班のある大隊本部は村長の家に入りました。

福州の人たちにとってはずいぶん迷惑な話です。住んでいた家をいきなり取り上げられるわけですから。

日本軍の高射砲陣地。

住民とのトラブルが何も起きなかったのは、今にして思えば不思議です。

いずれにしても、村の主な建物にぼくらはわかれて入ったのです。

当時の日本軍は、アメリカ軍が台湾を足がかりにして日本本土に上陸してくると考えていました。実際には沖縄を足がかりにしてきたわけですが、その頃は、台湾を守る必要があったのです。

アメリカ軍が中国から台湾に侵攻するのなら、対岸にある福州に拠点を構えるはずです。ぼくらはそこで、アメリカ軍を迎え撃つ守備隊として派遣されたわけです。要塞を築いて、ぼくらの野戦重砲が敵を食い止めることになっていました。

ところが、野戦重砲部隊というのはその名の通り、広い場所を馬で引っ張り回しながら大砲を使うのが本分です。

まして、ぼくが扱っていた大砲15センチ重砲は山の向こうにいる敵の要塞を山ごしに攻撃する大砲です。そんなものを要塞に据え付けてもまるで役に立たないのです。目の前から攻めてくる敵の船や、上から来る飛行機を狙っても当たらないのですよ。

大砲が足りないのをごまかすために、木で高射砲のにせものをつくって、それを茂みに隠す、なんてこともしていました。まるで南北朝時代に楠木正成《くすのきまさしげ》が使った作戦と同じですよ。今の時代に通用するはずがないのです。

アメリカは艦砲射撃と空襲で攻めてくるのに、野戦重砲で応戦していたのでは一発でやられてしまいます。でも、日本にはそれくらいしか武器がなかったのです。

敵襲もなにもないままに上陸したぼくたちは、山に陣地をつくるために毎日横穴を掘ることになりました。

陣地をつくって大砲を据え付ける作業が始まりました。今回は馬も連れてきていません。

九州の部隊は炭鉱出身者が多いので、穴掘りはお手の物です。あっという間に一帯を穴だらけにしてしまいました。

ぼくらも見よう見まねで大隊本部が入るはずの穴を掘ることにしました。

やっているとだんだん上手になるから不思議です。ツルハシで岩を崩していくのですが、慣れてくるとポイントがわかってきます。20日くらい掘っていたら、岩の目というのか、ある部分を狙うとおもしろいように岩が崩れるのです。むやみにツルハシを振るっていてもダメなんです。

毎日そんなことをしていましたが、実は日本の地下壕は戦地ではあまり役に立たなかったようです。アメリカ軍は、まず艦砲射撃と空爆で攻撃しておいて、最後に日本兵が穴蔵に逃げ込んだところに火炎放射器を浴びせかけるという作戦をとっていたのです。

地下壕は空襲よけにはなりますが、逃げ込んだところを火炎放射器でやられるとひとたまりもありません。でもまあ、何も知らないぼくらは穴の中なら大丈夫だろうと信じて掘っていたわけです。

紙芝居で村々を回る

穴掘りもしましたけど、ぼくの本来の任務は暗号班です。

暗号というのはそんなに頻繁に入ってくるわけではありません。しかも、ぼくは班長なので仕事はほとんど部下に任せておけばいいのです。

前にも書いたように、暗号を間違えて解読すると、間違った場所に兵隊が行ってしまって、大変なことになります。

だから、暗号通信が届いたときには気を使いますが、それ以外では時間的にはずいぶん余裕があったのです。

そこで宣撫班《せんぶはん》の仕事を手伝うことになりました。

ぼくは絵が得意ですから、大きな模造紙に絵を描いて、紙芝居をつくることにしました。

昔、学校に掛《か》け図《ず》というのがありましたね。大きな紙を何枚も重ねて、一番上のところを木や竹の棒で挟んで綴じて、棒の両端にヒモをつけたものです。これを吊して、先生が説明するようになっています。それと同じものをつくったのです。

お話は、双子の兄弟の物語です。別れ別れに暮らしているのだけど、どちらかが傷つくともうひとりも痛みを感じる。あるとき、ふたりはお互いが兄弟であることを知らずに戦うことになります。ところが相手を殴ると自分も痛いわけです。相手も自分を殴ると痛がっている。やがてふたりは兄弟だったことを知って仲良くなるのです。

つまり、これが日本と中国のことなんです。日本と中国は双子の兄弟なんだから仲良くしなければいけない、というお話です。

これは、ぼくの父親が東京朝日新聞で働いていた頃に書いた文章がもとになっています。

「東亜《とうあ》の存立《そんりつ》と日中親善とは双生《そうせい》の関係だ」という内容です。

絵はぼくが描いて、文字は仲間に中国語のわかるのがいたのでそいつに書いてもらいました。

紙芝居ができあがると、まず司令部のお偉いさんたちに見てもらって、「うむ、よろしい」というので、これを持って農村地帯を回ったのです。

これが大変な人気で、われわれが行くと大群衆が押し寄せてくる。娯楽がないからでしょうね。

マンガ家になって、ブルガリアでマンガ展をやったときにも同じようなことがありました。会場になった場所が、娯楽のない土地で、日本では考えられないほどのお客さんが会場に押しかけて、お祭りのようになってしまったんです。

日本軍の宣伝隊による演芸大会風景。

福州では、紙芝居が行くと、大人も子どもも老人も村中の人が集まってきました。そして、紙芝居が終わると御馳走してくれる。豚肉の料理やラーメンみたいなものもありましたが、味はなかなかよかったです。

驚いたことに、紙芝居を見せて「中国と日本は戦争しているけど、仲良くしなければならない」と言ってもダメなんです。

なにしろ、福州の人たちは「日本と中国が戦争している」ということを信じてくれないんです。「あれは他国の話だ」と言うのです。「上海での話でしょ」と。

福州ではどこに行ってもそうなんです。

広い国は違うなあ、と感心しました。

もうひとつ困ったことがあります。

紙芝居をやっていると、まったく笑うような場面じゃないのに、みんながゲタゲタ笑うんですよ。それも満場大笑いです。

「ここは泣くところで笑うはずはないんだけどな」と思うようなところでも笑う。あんなにひっくり返って笑うことはないだろうに、とぼくは思うのです。

どうやら、通訳を頼んだ中国人が勝手な訳を付け足しているみたいなんです。適当に訳しているものだから、泣くべきところで笑ってしまうんじゃないか、と疑ってみても、ぼくは中国語がわからないからどうしようもない。これにはまいりました。

スパイがいっぱい

大隊本部にいておもしろかったのは、スパイがいっぱいいるということでした。おもしろいというのはまずいかもしれませんね。

中国服を着た男たちが毎日のようにぞろぞろと大隊本部の建物に入ってきます。われわれの部隊がスパイとして使っている連中が報告に来ているのです。

中国人に見えていますが、実は日本人が変装して、中国の民間人に紛れ込んで情報収集しているのです。

軍隊が進む前に、スパイを潜入させておいて、現地の状況などを全部調べさせます。その上で、安全とわかれば進軍を決めます。

当然、身分がばれたら殺されてしまいます。とても危険な仕事です。

ほとんどは日本人が中国人に変装していましたが、もしかすると、本物の中国人もいたかもしれません。ちょっと見ただけではわからないくらいに、うまく変装していました。

そのスパイたちの様子を、暗号班の仕事をしながら見ていると、どうもインチキくさいやつがいるのです。どこか怪しいのです。

もしかして、あいつは敵のスパイじゃないのかな、と思えるようなやつもいます。二重スパイじゃないかな、と。

そう考えたのは、日頃から日本軍の動きが全部敵にわかっているのじゃないか、ということが何度もあったのです。

福州の思い出

「なんだ、やなせはまったく戦争しないじゃないか」と言われてしまいそうですが、

壁にはられた日本軍の宣撫ポスター。

敵が来ないのだからしかたありません。

中には「ほかの土地に行った兵隊は苦労したのにけしからん」という人もいるかもしれませんが、福州に派遣されたのはぼくが望んだことではないのです。

いつ敵が攻めてくるのかもわからない緊張感の中にいたことは間違いないのです。

あの頃ぼくは、福州の珍しい様子や軍隊生活を絵日記のように記録していました。

慶応大出身で、絵のうまい男がいて、彼がずっと絵日記を描いていたのです。それを見ているとおもしろそうなので、ぼくも描いてみることにしたのです。

もうどんなものを描いたのかは忘れてしまいましたが、紙がたくさんあったので、いっぱい描いたことだけは覚えています。

同じ大隊本部の下士官たちに見せたら、ずいぶん喜んでくれました。

ただ残念なことに、戦争が終わって日本に引き揚げるときに、ぼくは絵日記を全部焼いてしまったのです。隠して持ち帰ろうかとも思ったのですが、もし見つかってみんなに迷惑をかけてはまずいので、あきらめて焼いてしまいました。

これは、ぼくじゃありませんが、村の一軒の家を借りて子どもを集めて学校をつくったこともあります。大隊本部に英語の達者な男がいて、彼が子どもたちに日本語を教えたり、歯磨きの使い方を教えたりしていて、ぼくもときどき遊びに行きました。子どもにこんなことを教えて、覚えられるのかなぁ、と思いましたが、簡単な日本語はすぐに覚えてしまったのでびっくりしました。

歯磨きは村になかったので、軍の歯磨きを配って教えました。まだ、中国の田舎にはそういう衛生概念がなかったのです。

そのほかでは、民家の壁を使って壁画を描いたこともありました。日本軍がアメリカ軍をやっつけているような絵をチョークで描くわけです。描いている様子を村人たちも見に来て、喜んでいました。これも一種の宣撫活動だったのです。

部隊でも「素晴らしいねえ」と褒められました。

ところが、まじめなことで知られた師団長に見つかってしまった。

ぼくらがヒゲをはやしていると、全員に剃るように命じたような生真面目な人です。ぼくらの隊長もヒゲを生やして威張っていたのですが、全部剃らされてしまいました。

身なりにもうるさくて、いつもきっちりしていないといけないと言われていました。そのまじめな師団長に落書きを描いたのが見つかってしまった。ぼくは「民家の壁に落書きをしてはいけない」とこっぴどく怒られました。

でも、あの頃からなんとなく、絵を描いてみんなに楽しんでもらうことに歓《よろこ》びを感じるようになっていたのかもしれません。

立派な上官・ダメな上官

まじめな師団長殿の話をしましたが、参謀は下品で嫌な人物でした。

同じように陸軍大学を出ていても、師団長は武人の鏡のような人物なのに、参謀はダメな人物なのです。

参謀というのは作戦を考えるのが仕事で、陸軍大学で作戦の勉強をした優秀な将校が任命されているはずなのに、それが信じられないくらいにダメなのです。

「こんなヤツが参謀をやっているようじゃどうしようもないな」とぼくはいつも思っ

陸軍幼年学校生徒の軍事訓練。

ていました。

台湾からの引き揚げ船が、ときどき福州の沖で難破したり座礁することがありました。その船を助けてくると、参謀は助けた船に乗っていた芸者を呼んで宴会を始めるんです。ぼくたちは「何をやっとるんだ」と思うのですが、口出しはできないのです。

軍隊には聖人のようにやたらとまじめな人がいる反面、ひどく堕落した人もいるのです。

陸軍幼年学校から陸軍大学に進んで、無菌状態で育てられた人たちが偉くなるのがまずいのです。

無菌状態の若い将校が軍関係で稼いでいる商売人などから接待されて、遊びを覚える。その中には、あっという間に堕落してしまう者も出てきます。

むしろ、学校時代から遊んでいるような人のほうがいいのです。

堕落した人はもうどうしようもない。ぼくたちの部隊の参謀がそういう人物だったのです。

彼は、そのへんの民家から略奪してきたものを軍の荷物にして内地に送ったり、やりたい放題をやっていました。

それを知って、ぼくは「こいつはひどいな」と思いました。ひどい奴だけど、上官に反抗したら、たちまち営倉《えいそう》（牢屋）入りだからできないのです。

師団長殿が気づいてくれればいいのだけど、師団長も参謀の悪行には気づかなかったのでしょう。おそらく参謀は上手に師団長の目をかすめて悪さをしていたのでしょう。

上海決戦に向かう

穴を掘ったり、紙芝居で村を回ったりして2年ほど過ごしましたが、肝腎のアメリカ軍はいつまで経っても攻めてきません。

敵が攻めてこないのでは守備隊の意味はありません。そこで、ぼくたちに新たな移動命令が出されました。

今度は「上海決戦」です。

陸路を1日40キロ行軍して上海を目指すわけです。行軍というのは歩いて進むのです。福州に来たときは船でしたが、今度は歩きです。これは疲れます。

ぼくらは命令を受ければ従うしかありません。

重たい大砲はみんな、ジャンクという中国の船に偽装して、海から運ぶことになりました。おかげである程度身軽になりました。

それでも、重装備で毎日40キロの行軍は大変です。装備の中では、夜寝るときに蚊を避けるためのカヤが意外に重いのです。

あのあたりでは夜になると蚊の大軍が出ます。蚊にさされるとマラリアが怖いのですけど、途中でとうとうカヤは捨ててしまいました。

重いといえば手榴弾もです。敵をやっつけるためと、最後に自決《じけつ》といって、敵に捕まる前に自ら命を絶つために持っていたのですが、重たくて、とうとう全部捨てることにしました。

そのまま道に捨てるわけにもいかないので、池に投げました。池の中で爆発すると魚が浮いてくる。魚捕りにはちょうどいいなと思ったものです。

上海を航行するジャンク船。

これだけの行軍ですから、やみくもに進むのではありません。途中で、日本軍の支配地域にある村や町を経由しながら、進んでいきます。

ぼくらが村に近づくと、村人は「日本の兵隊が来たぞ」とクモの子を散らすように山の中などに逃げてしまいます。ほとんどの村はもぬけのからで、先に様子を見に行った兵隊が安全を確かめてから、民家の台所を使わせてもらって食事を用意して、本隊の到着を待っているのです。

村人にとってはずいぶん迷惑な話ですよ。

ついに敵襲が

途中でとうとう敵襲がありました。

相手はそんなに大きな部隊ではありませんでしたが、中国軍がぼくらに向かって攻め込んできたのです。

ぼくは、彼らが憎くもなんともないのです。福州にいるうちに、日本と中国は双子

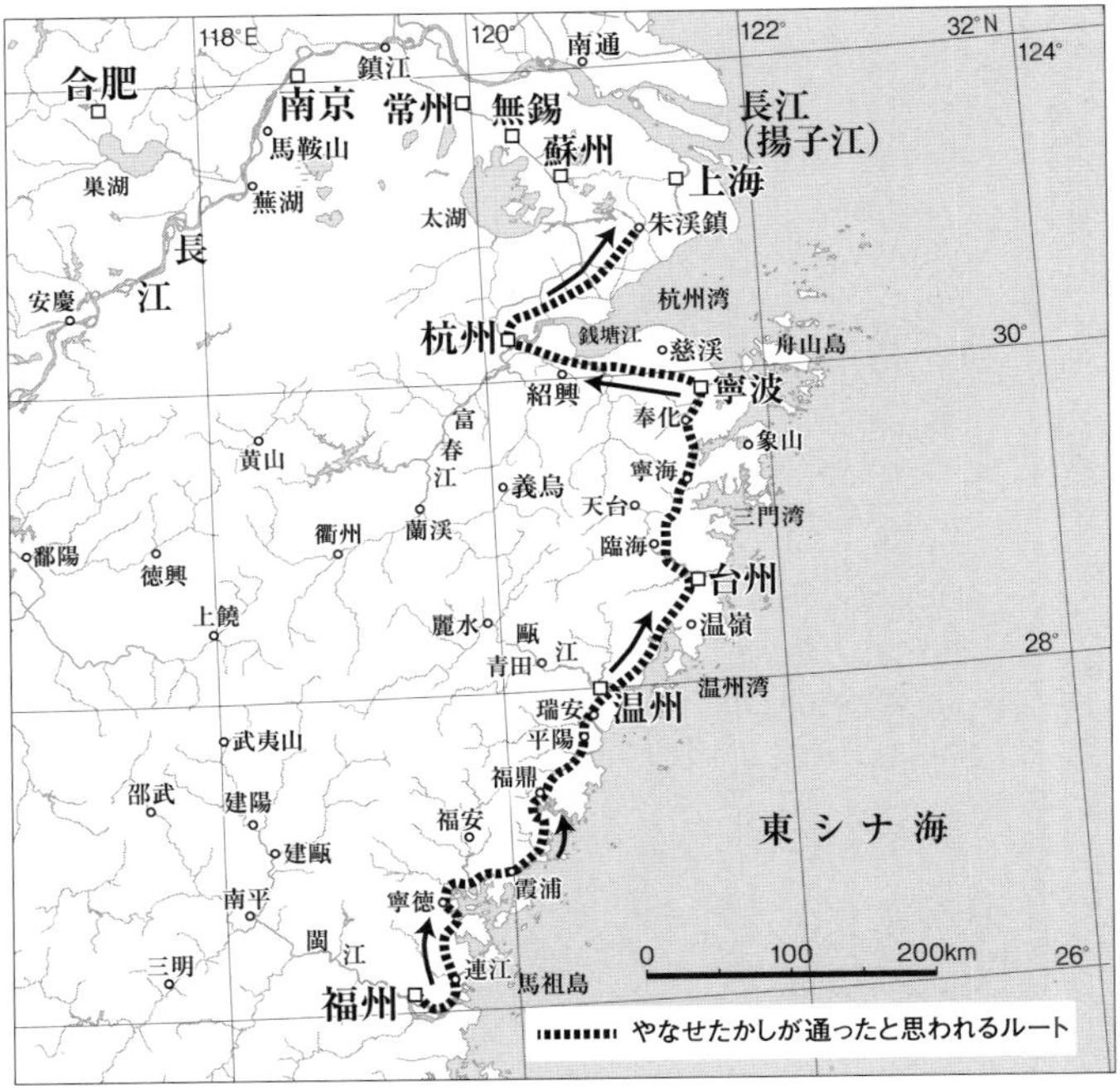
118°E
120°
122°
32°N
124°
30°
28°
26°
合肥
南京
鎮江
常州
無錫
南通
長江
(揚子江)
馬鞍山
蘇州
上海
巣湖
蕪湖
太湖
朱渓鎮
長
江
安慶
杭州湾
杭州
銭塘江
慈渓
舟山島
寧波
紹興
奉化
富
春
江
象山
黄山
寧海
義烏
天台
三門湾
蘭渓
衢州
臨海
鄱陽
徳興
台州
上饒
温嶺
麗水
甌
江
青田
温州湾
瑞安
温州
平陽
武夷山
福鼎
邵武
建陽
福安
東シナ海
建甌
霞浦
南平
寧徳
閩
江
三明
連江
馬祖島
福州
0
100
200km
やなせたかしが通ったと思われるルート

の兄弟だと教えたわけだし、中国人はいいやつだと考えるようになっているわけです。戦いたくはない。ぼくらは上海にたどり着きたいだけなんです。行軍しているところに攻めてくるのだから、隊形を維持するなんてできません。やられたら逃げるしかないのです。

襲撃を受けたら、「機関銃前へ」という命令が出て、機関銃を持った兵隊が前に出てバリバリバリとやる。だいたいこれで敵は逃げてくれるのです。

それでもダメだと、山の上から小型の大砲を撃つ。小さいとはいえ、大砲を持って山の上に駆け上がるのだから重労働です。

「あれじゃなくてよかった」と思いましたね。

中には、われわれの行列の中に切り込んでくる中国兵もいました。

中国にも、敵陣に殴り込んで一身を犠牲にする、というヒロイズムのようなものがあるのです。そんなことをしても、あっという間に殺されてしまいます。でも、そういう勇ましいのもいるんです。

敵の銃弾もひゅんひゅんと飛んできます。当たればケガをするか、命がなくなります。

迫撃砲の弾も飛んできます。

迫撃砲の弾はどこに落ちるかわからないのです。ドワーンという音がして、弾がいきなり飛んでくるのです。当たらなくてよかったですよ。

ぼくらが命からがら逃げていると、将校が敵の銃弾でやられてしまった。そういうときに将校の担当の兵隊は、一緒に残らなければいけないのです。でも、残ったら大変です。軍隊から取り残されてしまうと、中国兵に捕まってなぶり殺しの目にあってしまいます。われわれは集団だから、相手もなかなか手を出せないのです。

残されてなぶり殺しにされるのは気の毒だけど、ぼくらはどうすることもできないのです。

中には衛生兵の担架に載せられて命拾いした人もいましたが、あの戦闘で5、6人は死んだと思います。

大砲のない砲兵は

そういう小さな戦闘を何度か経験しながら、ようやく上海にたどり着きました。上海までどのくらいかかったのかなあ。もう覚えていないのですが、おそらく1ヶ月くらいはかかったでしょう。

着いたときには足の裏の皮が靴底みたいに厚くなっていました。ついて10日くらいすると、その分厚い皮がぼろっと取れるのです。あれだけ毎日毎日歩いていると、足の裏の皮も厚くなるのでしょうね。すごいなあと思いました。

上海に着いてからぼくはマラリアを発症してしまいました。カヤを捨ててしまった罰が当たったのでしょう。

高熱が出て、そのくせがたがた震えるほど寒い。いくら上から毛布を重ねてもすごく寒い。注射をしてもらって、キニーネを処方してもらって2週間くらい寝ていました。

行軍中に発症しなくてよかったのです。もしもマラリアを発症して、残されてしま

負傷兵にかけよる日本兵。

ったら生きていなかったでしょう。

上海に着いて、もうひとつ驚いたのは、大砲を積んだジャンク船が敵の攻撃で沈没させられていた、ということです。

さきほど、日本軍の行動が筒抜けになっていて、二重スパイがいたのではないか、ということを話しましたが、われわれが大砲を船で運ぶことも知られていたようなのです。福州を出てまもなく、全部撃沈されていたそうです。

船で運ぶことは機密でしたから、誰かスパイがいたとしか考えられないのです。

ぼくらは、砲兵なのに大砲がない、役立たずの部隊になってしまいました。

小銃はありましたけど、大砲がない。これは困りました。

お粥で戦争はできない

上海に移動したぼくたちが向かったのは、上海郊外の朱渓鎮《しゅけいちん》という町でした。今は、朱家角鎮《しゅかかくちん》となっていて、上海市の一部になっています。鎮というのは、都市よりも規模は小さいが人口が集中している土地のことです。

昔から水運が発達して、東京の築地《つきじ》のように各地から物産が集められて、交易が盛んでした。

そこで、ぼくたちは大きな学校か倉庫だったような広々とした建物を接収して、そこを本部にしていました。もともとが何の建物だったか、はっきりとはわかりません。

福州では、部隊はあちこちの建物にわかれていたのですが、朱渓鎮ではそこにまとまっていたと思います。

ここでもぼくは大隊本部の暗号班ですから、いろいろな情報が入ってきます。そこで、壁新聞をつくることにしました。情報の中から目立ったものを記事にして、それを新聞にしたのです。

これはなかなか好評でした。

あとは、舟をこぐ練習をしていました。時代劇に出てくるような小舟を櫓《ろ》で操るのです。

朱渓鎮はクリークが多い場所ですから、もし戦いになったら舟が必要なのです。日本ならチョキ舟というやつです。

上海に来て一番困ったのは、「上海決戦に備えて食糧を倹約せよ」という命令が出されたことでした。食事は朝晩だけ。それもご飯はうすいお粥です。腹が減ってしょうがないのです。

若い盛りにお粥で戦争をするのはムリです。腹が減っていたのでは決戦なんてできませんよ。

まわりは市場のようなところで、野菜も魚もいっぱいあるのに、兵隊は外に買いに行くことができません。見つかったら怒られます。

ぼくらは、お腹を空かせて我慢していました。

そのときには、野草をずいぶん食べました。

タンポポも食べました。タンポポは食べられるんだけど苦いんです。

クリークにいる魚は捕ってもいいのですが、寄生虫が怖いから生では食べられない。

結局、お腹を空かせて我慢するしかなかったのです。

おもしろかったのは長野県の部隊の人たちです。彼らは山国から来ているから、へ

クリークを船で行く日本軍。

ビや虫を食べるんです。

「どうです。おいしいですよ」と勧めてくれるのだけど、見たら怖くて食べられません。器用に皮をピーッとむいて焼いたヘビをおいしそうに食べているのだけど、ダメでした。虫はイナゴや蜂の子です。これもダメでしたね。

ぼくが長生きなのは、あのとき野草を食べたからじゃないか、と言う人がいますが、そんなことはないのですよ。

あのときにぼくが骨身にしみて感じたのは、食べる物がないことがどんなに辛くて情けないか、でした。いろいろ辛いことはあっても、空腹ほど辛いことはありません。アンパンマンが自分の顔を食べさせてあげるのは、このときのぼくの体験があったからです。

腹を減らしたヒーロー

朱渓鎮でもぼくらは歓迎されていました。

八路軍の兵士募集のポスターの隣にあった総力戦を呼びかける抗日壁画。

交易の盛んな土地なので、朱渓鎮には匪賊《ひぞく》や馬賊《ばぞく》がしょっちゅう現れていたのです。彼らは、店を襲ったりして町の人たちを困らせていました。

もっとひどいのは蒋介石《しょうかいせき》の軍隊です。当時の蒋介石軍は相当軍紀が乱れていて、軍による略奪が横行していました。日本軍だけじゃなく、毛沢東《もうたくとう》の八路軍《はちろぐん》にも追われて、軍資金も底をついていたのでしょう。それで苦しくなって、同じ中国人から略奪をするようになったのです。

毛沢東の八路軍のほうはそうじゃないのです。軍紀もしっかりしていて、前に言った、はだしで鍋を背負っているような兵隊はいませんでした。あれは、蒋介石軍のほうです。

八路軍には、どこかからの資金提供があったのかもしれませんね。どこなんでしょう。

物産が集まって豊かな朱渓鎮は蒋介石軍からも狙われていました。

ところが、武装した日本兵が町の中に駐屯しているので、匪賊や馬賊も、蒋介石軍も手が出せなくなってしまいました。

朱渓鎮の人たちにとっては、ぼくらが町の守備隊のようなかたちになっていたのです。

ぼくらも腹を空かせていましたけど、「中国政府の圧政や盗賊から人々を守る正義の味方」のつもりですから、腹が減っても町の人たちに手を出すようなことはしません。

腹を減らした情けないヒーロー。

それがぼくたちだったわけです。

広島に特殊爆弾

朱渓鎮のわれわれのところにも、日本が大変なことになっている、というニュースは届いていました。

本土の東京、名古屋、大阪、北九州といった大都市に爆弾が落とされたことも知っていましたし、アッツ島の玉砕とか、そういう情報も暗号班には入っていました。広島と長崎に特殊爆弾が落とされて、全滅したことも情報として知っていました。

あまり負けたニュースは壁新聞に書かないようにしていましたが、特殊爆弾のことは壁新聞でも紹介しました。そのときには、特殊爆弾が落とされたときには、なるべく白いものを着なさい、という上からの指示もつけ加えました。

光る爆弾だから、白いもので反射させれば大丈夫だ、ということだったのでしょうね。

何もわかっていなかったんですよ。

原子爆弾という言葉も使っていません。特殊爆弾です。

広島がどんな状態になっているのかを知ったのは、復員の途中で列車が広島を通過したときでした。何ひとつなかった。完全に焼け野原でした。

ついに敗戦

玉砕や本土空襲のニュースを知って、ぼくは「こりゃもう負けるな」と内心思って

被爆から１年後の広島の爆心中心部。

いました。

でも、ぼくらのように生き残っている兵隊は各地にいたわけですから、上のほうではまだまだ戦える、と思っていたようです。「最後の一兵まで戦う」と威勢のいいことを言っていました。

朱渓鎮では最低3年は籠城して、決戦に臨むはずでしたが、結局は2ヶ月ほどで戦争は終わってしまいました。

昭和20年8月15日、ぼくらは集合させられ、ラジオを聞かされました。

天皇陛下の声が流れてきましたが、何を言っているのかはまったくわかりません。ただ「負けたな」ということだけは何となくわかりました。

ほっとしました。やれやれやっと終わったのか、と。

翌日、武装解除されて、さてどうするのかと思っていたら、「武器がなくても空手がある」というのでびっくりしました。

沖縄出身者の中に空手ができる兵隊がいましたから、彼らを先生にして、朝から目つぶしや組み手の練習などをまじめにやっていました。

そんなに簡単に上達できるはずはありませんし、銃や大砲で武装した相手に空手で戦えるはずがありません。

負けたと言われてもまだ戦うつもりだったんですね。あれはもう喜劇ですよ。

■ことばの手引き②

◉福州

現在は中国福建省の省都になっている港湾都市です。日本との交流の歴史も長く、明、清の時代には琉球貿易の拠点として知られ、町には琉球館も置かれていました。

その後、上海に中心が移ると、しだいに寂れていきましたが、当時は市内にはイギリス人がつくった洋風の建物もたくさんあり、中国軍の補給基地のひとつでもありました。

気候は亜熱帯性で、雨が多く、ガジュマルや竜舌《りゅうぜつ》蘭《らん》などが自生していました。みかんなどが豊富にとれて、農村地帯といっても、稲穂の実る日本の田園風景とはずいぶん違っていたのでしょう。

日中戦争当時、福建省の長官夫人は日本人でした。このため省全体が親日的で、蔣介石の中国政府から福建省を分離独立させるために、日本軍は1941（昭和16）年に大規模な上陸作戦を企てました。このときは重要な拠点である福清《フーチン》城などを占拠しましたが、中国軍の反攻にあって撤退しています。

やなせ先生に、「長官夫人が日本人だと知っていましたか」と質問しましたが、「知っているわけがないよ」と笑っていました。

もともと親日的な土地で、日本軍の狙いは福州市の制圧でしたから農村部にはほとんど影響がなく、その後は大きな戦闘もなかったので、村人たちには戦争中だという認識がなかったのでしょう。

この後、1944（昭和19）年10月にも、日本軍は大軍団を上海から南下させて、福州市の北門から大規模な攻撃を加えています。

このときには、馬尾《マモイ》という港町に司令部を置いて、本土防衛のための飛行場建設などを行っています。

◉宣撫班

占領した地域の住民に対して、日本の考え方を知らせて、日本軍に対して安心感をいだかせるのが大きな目的です。それによって、地域の治安をよくして、食糧の調達や情報収集をやりやすくするのです。

ビラやポスターによる広報活動のほかに教育文化活動も行っていました。教えるのは、日本と中国と満州は仲良くしなければならない、ということなどです。

映画を上映したり、子ども向けに教科書もつくられたりしていましたが、紙芝居を使ったユニークな宣撫活動は珍しかったと思われます。

◉上海決戦

日本軍は1945（昭和20）年5月に、福州、温《おん》州《しゅう》、厦門《アモイ》に展開していたすべての部隊に上海への移動を命じました。上海に大軍団を結集して、最後の決戦に備えるためです。この年の3月にはアメリカ軍の沖縄上陸作戦が始まっていて、日本軍の防衛の要《かなめ》は、台湾ではなくなって、中国南部や台湾を守ることを目的に配置されていたこれらの部隊の役目は終わっていました。

むしろ、軍は上海を最後の砦として、アメリカ軍の中国上陸を食い止める必要があると考えるようになっていました。

◉蒋介石軍と八路軍

蒋介石は国民政府主席で、初代中華民国総統だった人です。太平洋戦争後に毛沢東が率いる中国共産党との内戦に敗れ、台湾に新たな中華民国政府を樹立。中国と台湾、ふたつの中国はこのときに生まれました。

一方、のちに中華人民共和国の人民解放軍のもとになった八路軍は、正式には中国国民革命軍第18集団八路軍です。

ゲリラ戦を得意として、日中戦争では日本軍をずいぶん苦しめました。

中国にはこのほかに、日本との和平を訴えていた汪兆銘《おうちょうめい》が南京に樹立した南京政府が、正当な国民党を名乗っていました。イタリアやドイツ、満州国は、南京政府を正式な国家として承認していました。

●朱渓鎮

現在の上海市青浦区《せいほく》にある朱家角鎮の古い呼び名です。鎮というのは都市ほど大きくないが人口の多い場所を指す言葉です。朱家角鎮は水郷の町で、「上海第一大鎮」と呼ばれています。

市場ができたのは宋の時代で、水運によって各地の物産が集められて栄えました。

やなせ先生たちが駐留していたのは、茶館と呼ばれる古い交易所の建物だったかもしれません。

●マラリア

熱帯に住むハマダラ蚊によって媒介される、マラリア原虫が原因となる病気です。

マラリアに感染すると40度以上の熱が出て、いったん下がるものの、また同じ症状を繰り返します。東南アジアや中国南部、南太平洋などでは多くの兵隊がマラリアに苦しみました。

マラリアは治療が遅れると、症状が慢性化することもあり、戦争が終わって帰国してからも突然、マラリア熱に苦しむ人がいました。やなせ先生の場合は、発症してすぐに治療を受けたので、完治したのでしょう。

治療薬のキニーネは、キナの木の皮からとれる薬です。マラリアの特効薬ですが、副作用が強いために、戦後はあまり使われなくなりました。

●クリーク

水路のことです。朱渓鎮には水路が網の目のように張り巡らされていて、これが町の水運を支えていました。町の人々は、陸の道よりもこの水路を使って移動したのです。

敵が攻めてきたときには、この水路を使って攻めてくるだろうと考えた軍は、やなせ先生たちに小舟に乗って戦うように指示したのでしょう。

◉アッツ島玉砕

アッツ島（熱田島）は、アリューシャン列島にある島です。

日本軍が占領していましたが、1943（昭和18）年5月にアメリカ軍の上陸作戦が始まって、17日間の激しい戦いの末に、アメリカ軍が島を制圧しました。日本軍の戦死者は2351人に達し、生き残った兵隊はわずかに28人でした。アメリカ軍も600人の戦死者を出し、1200人が傷を負いました。この戦闘がいかに激しいものだったかがわかります。

「玉砕」というのは、軍を統括する一番偉い機関＝大本営が部隊の「全滅」を言い換えた言葉です。「アッツ島玉砕」で、初めて公式に玉砕という言葉が使われました。

◉特殊爆弾

原爆のことです。1945（昭和20）年8月6日には広島に、9日には長崎に原爆が投下され、広島では年末までに全人口34万人のうち14万人が亡くなったといわれています。また、長崎では12月末の集計で7万人以上の人が亡くなっています。生き残った人も、放射線の影響で亡くなったり、何年も経ってから原爆症を発症するなど、今なお多くの人が苦しんでいます。

大本営発表では「新型爆弾」という言葉が使われていますが、やなせ先生は「特殊爆弾」という言葉を使っていたのでそのままにしています。軍内部では、そのように表現されていたのでしょう。

第三章

ようやく故郷に戻る日が来た

戦争が終わってびっくり

やっと戦争が終わりました。

でも、ぼくたちは半年以上も朱渓鎮《しゅけいちん》にとどまることになりました。捕虜になって収容所に入るとか、そういうこともありませんでした。そのまま、学校だか体育館だったかのような広い建物で、帰国の順番が来るのを待っていたのです。のちに聞いた話では、上海あたりでは、日本の兵隊が中国人から石を投げられたりもしたようです。ちばてつやさんたちのように満州から引き揚げた人たちは、中国人に殴られたりもしたようです。でも、ぼくたちのところでは、地元の人たちと険悪になるようなことはありませんでした。

それどころか、ぼくらが朱渓鎮を離れるときには、「あなたたちがいるおかげで、治安も保たれている。できればずっといてもらえないだろうか」と言われたくらいです。

町の人たちにとっては、ぼくらが町にいることで盗賊から守られている、という気持ちが強かったのでしょう。

捕虜に連れていかれることも、地元の人たちとの軋轢《あつれき》もなかったわれわれにとっての大問題は、籠城するために備蓄しておいた米や食糧をどうするか、ということでした。

大きな食糧倉庫にはまだいっぱい食糧が備蓄されていました。

残っている食糧をアメリカ軍や中国軍に取り上げられるのも癪《しゃく》だというので、「全部食べてしまえ」というとんでもない命令が出されました。

あんなに腹を空かせていたのに、今度は「食べろ、食べろ」です。お腹がふくれて、もう入らないというくらいに食べさせられたのには往生しました。

急に食べろと言われて食べられるものじゃないですよ。

みんなでそのへんを走って一所懸命にお腹を空かせて、また食べたりしていました。

バカみたいですね。

戦争が終わっても、軍隊というところは融通が利かない、というか理不尽なところです。

結局、アメリカ軍も中国軍も食糧を取り上げには来ませんでした。

米などは村人との物々交換などに使って、砂糖は最後まで残っていたので、いよいよ日本に帰るというときに、わけて持たせてくれました。

あの時代に砂糖は貴重品ですから、ありがたかったですね。

ヤクザがぞろぞろ

戦争が終わってしまうと軍紀はだんだん乱れてきます。

戦争中は、みんなが「兵隊」というメッキをしていたのだけど、終わってしまうとだんだん、メッキがはげてくるのです。

メッキがはげてわかったのは、わが連隊にはヤクザがいっぱいいたということです。

そもそも九州の炭鉱や港湾はヤクザが幅を利かせていたところです。わが連隊は九州の精鋭が集まっているのですからヤクザが多いのも当たり前です。

それまでは、みんなシャバのことは忘れて、兵隊だったのが、軍隊がなくなってしまったので、とうとう本性を現したのです。

その連中が、いつの間にか兵舎の中で賭場《とば》を開帳《かいちょう》するようになりました。シャバでは有名な親分だった人も召集されていたみたいです。

退屈していた連中が、この賭場に顔を出すようになります。ぼくはまるで興味がなかったのですが、「男の本性は飲む・打つ・買う」と言われるのはムリもないなあ、と思いました。

はじめは日本兵だけだったのですが、しだいに近隣の農民も賭場にやってくるようになりました。

中国人もやはり、男は「飲む・打つ・買う」なんでしょう。

さすがに、ぼくのいた大隊本部ではそういうことはなかったのですけど、中隊単位ではずいぶん盛んだったようです。

写真は輸送船内での慰安会風景。やなせたかしたちの食糧倉庫での演劇を想像させます。

賭場ができたために刃傷沙汰になるとか、喧嘩が起きるということはありません。同じ釜のメシを食っている仲間だし、そんなにひどいことはなかったのでしょう。

自作のお芝居を上演

そんな調子で、兵隊たちはたくましいところを見せていたのですが、士官学校を出たような若い将校たちはみんな意気消沈していました。それまで揺るがぬものと信じていた大日本帝国や軍隊がなくなって、自信をなくして、落ち込んでいたわけです。どういうわけか、ぼくのところにはそういう将校たちが相談に来るようになりました。学校で習ったようなことがみんなダメになってしまったので、ぼくのような文化系の人間が頼りにされるようになったのかもしれません。

「柳瀬さん、これから国に帰ってどうしたらいいでしょう」なんて言われたって、こっちもわからないので、適当に返事をしていました。そうしたらある日、ひとりの将校が絵を習いたい、と言うのです。

「いいですよ」と教えていたら、自分にも教えてほしいという人が来た。「じゃあ、一緒に教えましょう」ということになったのです。

そのうちに彼らは中隊単位で絵画部や俳句と短歌の会をつくって、文化系の活動を熱心にやるようになりました。

その中に、演劇のサークルがありました。これは各中隊でみんな盛んにやっていました。

地元で田舎芝居をやっていたような兵隊や、学生演劇をやっていたのもいましたから、みんな意外にうまいのです。

俳優の加東大介《かとうだいすけ》さんの従軍体験をもとにした『南の島に雪が降る』という本がありますね。映画にもなりました。ああいったことがほかの戦地でもあったのです。

ぼくらは、加東さんたちがいたような南洋の激戦地ではありませんし、もう戦争は終わっていましたけど、お芝居というのは人の心を慰めるものなんですね。

娯楽もないですから、評判がよかったのです。

あるとき、連隊内の演劇コンクールをやろうという話が持ち上がりました。

主演女優は鬼軍曹殿

ぼくは、コンクールで大隊本部の下士官だけを集めた芝居を上演しようと提案しました。

ぼくが脚本を書いて、演出もぼくです。

ハーモニカの上手な兵隊がひとりいたので、音楽は彼に作曲してもらいました。主題歌の歌詞はもちろんぼくです。

稽古場は、問題の食糧倉庫です。

3年分の備蓄を目標にしていた食糧倉庫は広々していて、芝居の稽古には最適な場所でした。

ぼくたちは演劇コンクールを目指して、ほとんど毎日稽古をしていました。

芝居のタイトルは「嗚呼《ああ》、故郷」。復員の話です。

日本兵が故郷に戻ると、そこはアメリカ軍に占領されていて、仕事のない男がみんな男娼《だんしょう》になっている、という話です。もちろん空想で書いたのですが、実際に復員して東京に行ってみると、本当にそういう人がいたのでびっくりしました。

アメリカ兵に扮《ふん》したのは、ちょっと外国人ぽい男でした。九州人は男も女もどこかエキゾチックな顔をした人が多いのですよ。それに、GI帽をかぶせてアメリカ軍の恰好をさせたら、そっくりそのものなんです。

なにも知らない人が「柳瀬さん、あのアメリカ兵はどこから連れてきたんですか」と尋ねてきましたけど、そうじゃないのです。九州男児なんです。

GI帽もアメリカ軍の制服もみんな自前です。衣装は、借りてくることができないので、裁縫がうまい人がみんなつくったのです。生地もどこかから調達してきました。軍の毛布なども利用したのかもしれません。

兵隊というのはありとあらゆる種類のプロがいるのです。インテリもいればヤクザもいる。兵隊というのは不思議です。

ぼくらの連隊には、映画の日活の監督やカメラマンもいたのです。

男ばかりですから、女優はもちろん女形です。ぼくは、軍曹の中でも一番いかつい顔をした、鬼みたいなやつを女形に抜擢しました。主人公の奥さんの役です。嫌がるかと思ったら、本人がたいそう乗り気なんです。

これがウケました。怖い顔でしなをつくるものだから、観客は大笑い。

まじめに、一所懸命やればやるほどおかしいのです。

本当は、長らく帰りを待っていた妻が、子どもと一緒に夫を迎えに行く、感動的なシーンなのに、大喜劇になりました。

残念なことに、審査を担当した上官が「どれも素晴らしい内容で甲乙つけがたい」と言って、賞はもらえなかったのですけど、楽しい思い出です。

仲間のためにつくった歌

もう全部忘れましたけど、歌もたくさんつくりました。

国外に派遣されて捕虜になったり、取り残されたりした兵隊は、内地から歌が入ってこないので、自分たちで歌をつくったのです。満州でもシベリアでも自分たちの歌をつくっていました。

有名な「異国の丘」は、作曲家の吉田正《よしだただし》さんが戦中につくった別の曲に、シベリアに抑留されていた増田幸治《ますだこうじ》さんという方が故郷を思う詩をつけたものです。シベリアではほとんどの抑留者が口にして、その後大ヒットして映画にもなりました。

あれほどではないのですが、ぼくがつくった歌もあっという間に連隊中に広がっていきました。勇ましい軍歌ではなく、故郷を思いながらしんみり歌える歌がないから、みんなが歌えるような歌ができて、うれしかったのでしょうね。

日本に帰ることになったときには、「記念にしたいから、あの歌を書いてくれ」と言ってくる兵隊がたくさんいました。

それも、いよいよ日本に帰る船に乗るという港で言い出すものだから、ぼくは困ってしまいました。

せっかく「あの歌が好きだから、歌詞を書いてくれ」と言ってくれるのだから、ぼくもがんばって歌詞を書いたのですけど、何人も何人もが「書いてくれ」というものだから大変ですよ。

まだ、朱渓鎮にいた頃なら、謄写版で刷ることもできたのですけど、港に来てしまってはそれもできません。ひとりひとりに手書きです。

ただ、どんな歌だったのかは覚えていないのです。

かすかに覚えていたのは「老酒《ラオチュー》ラプソディー」という曲です。これは日本に帰ってからも歌っていて、マンガ家の小島功《こじまこお》さんが覚えてくれていたのだけど、どんな歌だったのかな。

ぼくはお酒は苦手なんだけど、老酒はそれほどアルコールが強くないので、なんとか口をつけるくらいはできました。むこうでは必ず出てくるお酒だったので、歌にしたのでしょう。それくらいしか覚えていないのです。

今ぼくは、マンガを描き、詩を書き、歌も歌う、というのが仕事になっていますが、実は兵隊の頃、すでにほとんど同じようなことをしていたわけです。もともとそういうことが好きだったんですね。

絵を描いたり、お芝居をしたりしながら、故郷に帰れない時間は流れていきました。

引き揚げ船に乗船する上海の日本兵。

やっと日本に帰れる

昭和21年の3月になって、「上海に集結せよ」という命令が届きました。待ちに待った帰国の命令です。

ぼくらは朱渓鎮を離れることになりました。

大急ぎで荷物を整理して、そのときに中国で描いていた絵は全部燃やしてしまいました。絵とか写真は機密に触れるおそれがあったのです。うっかりひっかかって、連帯責任にされてみんなの帰国が遅れては困ります。

福州で学校をつくったお話にも出てきましたが、ぼくらの大隊本部には英語が得意な者がふたりいました。彼らは、上海に行く前に、隊長から「英語が達者なのは、内緒にしておけ」と言われていました。そうしないと、アメリカ軍の通訳として現地に残されてしまうからです。

隊長もみんなが早く帰りたいのはわかっていますから、そんなふうに言ったのです。

上海の港に着くと、アメリカ海軍のＬＣＳ（沿岸海域戦闘艦）が待っていました。

乗船前には持ち物の検査があります。検査をするのは中国人の将校です。彼らの軍服が立派なのにびっくりしました。傘に鍋じゃないのです。ぱりっとしていて、逆によれよれの軍服を着ているぼくたちがみじめなんです。

敗戦した国の兵隊はみじめだな、と思いました。威張りかえっていたぼくの上官も襟章をとられて、ただの田舎のおじさんです。権威がないのです。

勝てば官軍、とはよく言ったものです。

ソ連は、日ソ中立条約を破って攻め込んできて、捕虜をシベリアに連れていって強制労働をさせたり、略奪を繰り返したりしたのに、戦争犯罪を問われたりしていませんね。それは勝ったからです。日本は東京裁判で戦争責任を問われたり、賠償を求められたりしました。それは、日本が負けたからです。

勝ち目のない戦争はするべきではありませんね。

負けたらおしまいです。

検査が終わると、ぼくらはグループごとにわけられて、ＬＣＳに乗り組みました。それぞれに、銃を持ったアメリカ兵が警備についていました。

ＧＩはやたらとスマートなんです。これも差をつけられたようで嫌でした。

ぼくの部下のひとりは「班長殿、アメリカ兵はお化粧をしていますね」と言うのです。

ぼくは「ありゃ、白人だから白いんだ」と。

ぼくらがあまりに真っ黒けに汚れていたので、アメリカ兵の白さが際立ったのでしょう。

それくらいに敗軍の兵はみっともないのです。

アメリカ軍は冷蔵車を持っていて、コカコーラを冷やして飲んでいました。これにも驚きました。ぼくらは、何かを冷やして飲むことがなかったのです。これは負けるわけだと思いました。

みじめです。たしかにみじめなんだけど、帰れるといううれしさのほうが強かったのを覚えています。

所持品を整理する、佐世保に復員した兵士。

佐世保から故郷へ

上海を出て、日本の陸地が見えたときはものすごくうれしかったですね。あれはどのあたりの景色だったのかな。水平線のかなたから陸地が見えてきたときには、みんな甲板で、躍り上がって喜びました。

「ああ、帰れた」という歓《よろこ》びです。

中国に派遣されたときには、「もう帰れないかもしれない」と覚悟を決めていたので、帰れたことがなによりだったのです。

泣いている兵隊もいました。うれし泣きです。

敗戦の悲しみとか、そういうものはまったくありません。

上陸したのは、はじめに上海に向かうときに使った佐世保港《させぼこう》でした。

映画やドラマで、引き揚げ兵が港に着くと家族が待っていて岸壁で抱き合っているような場面が出てきますが、ぼくらのときはそんなものはありませんでした。第一、内地の家族に連絡する方法がないのです。ぼくが後免《ごめん》の家に帰ったときも家族はびっくりしていました。

おそらくみんなそうだったでしょう。

佐世保港に着くと、まず浦頭《うらがしら》にあった佐世保引揚援護局の検疫所に連れていかれました。よそから伝染病などを持ち込まないように、ということです。

ぼくらは並べられて頭から真っ白いＤＤＴの粉をかけられました。のみやしらみを退治する殺虫剤の粉です。そのときはＤＤＴなんて知らないから、なんだろうと思いました。

検疫が終わるとようやく本当の上陸です。

その場に集められて、「本日を以て除隊」といわれて解散です。

軍隊から支給された雨具などはみんな、欲しいという人にあげてしまいました。

こんなものは家に帰ればあるから、別に惜しくないと考えていたのですが、戻ってみたらものすごい貴重品だったことがわかって「しまったな」と。

結局、ぼくが軍隊から持って帰ったのは、朱渓鎮でわけてもらった砂糖だけでした。

やっと高知の家に帰る

検疫所から浦頭引揚援護局までは歩いていきました。

ずいぶん離れていた記憶があります。

引揚援護局の跡地は、現在は、浦頭引揚記念平和公園になっているそうです。

援護局の窓口で、わが家までの切符と給料の入った郵便局の通帳を受け取りました。

沖縄から来ていた連中はそのまま宿舎に案内されたと思います。そこで沖縄行きの船を待つのです。

除隊になったときに、お金は多少ありました。

入営したときに郵便局の通帳をつくらされて、軍からの給料はそこに入るようになっていました。兵隊にも給料はあるのです。入営した当時の給料は、その頃の巡査の給料よりも少しいいくらいです。

でも、使うところがないのです。

小倉にいたときには映画代などで多少使いましたが、中国に行ってからはまったく

日本軍が中国大陸で使用していた１円の軍票。

と言っていいほど使いませんでした。

福州にいた頃は公用でお金がいるときには、経理で米や干し芋をもらうのです。物々交換です。船に乗るときもそれを船頭に渡していました。

軍票《ぐんぴょう》というものもありましたが、そんなものを渡しても相手はあまり喜ばないのです。

酷《ひど》いのになると、受け取った軍票を頭の上に載せるのです。

タヌキの木の葉じゃないのです。

そうやって挑発しているのですね。それくらいに日本のお金や軍票は役に立ちませんでした。

たまっていた給料と、除隊でもらった一時金で、1000円くらいはあったと思います。

たくさんあると安心していましたが、インフレでまもなくなくなってしまいました。

2銭で買えたみかんが20銭。戦争前は1000円あったら家が買えたんですよ。

あれはすぐに使えばよかったなあ、と後悔しました。

無蓋で満員の復員列車。

援護局でもらった切符で、連絡船で下関に渡って、汽車で宇野に行って、そこから四国に渡るのです。汽車はものすごく満員で、座る場所なんてありません。車内に入れるのは運がいいほうで、窓にぶら下がったり、屋根に乗っている人もいました。

山陽線の汽車に乗っていると、それまであまり変わっていなかった風景が一変するところがありました。

広島です。

何もないのです。これがあの特殊爆弾か、と思うとぞっとしました。

朱渓鎮で聞いたときには、これほど破壊力がある爆弾だとは考えてもいませんでした。本当に怖ろしい光景でした。

高知に着くと、高知の引揚援護局に手続きに行きました。無事に帰りました、ということですね。

高知市内も空襲で焼けてしまっていました。

ところが、高知の後免町（今の南国市《なんこく》）に着くと何も変わっていない。後免は空襲も受けなかったのです。

昭和27年頃の高知市の日曜市の風景。（写真提供／高知市産業政策課）

町も山も同じ。昔と変わらないのが不思議でした。

高知で雑誌をつくる

しばらくは復員ボケで、後免の家でぼーっとしてました。

食べるものには困らないのです。家ではカボチャなどをつくっていましたし、さらに田舎の親戚に行けばお米もある。そういう点では恵まれていました。売り食いするための衣料品もたくさんあって、それが結構な値段で売れました。

当時はカボチャのツルまで食べていました。あれもみじめなものですね。

弟が戦死したことも聞かされました。「ちーちゃんが戦死したよ」と言われたのですが、千尋《ちひろ》とはしばらく会っていなかったし、亡くなったところを見たわけでもないから、実感がわきません。乗っていた船が撃沈されて海に沈んだので、遺骨も何もないのです。

「そうか……千尋は死んだのか」と感じたくらいです。弟が死んだという実感がわいてきたのはもっとあとになってからです。

あの頃は、そんなことよりも自分が生きるのが精一杯でした。

弟を亡くして悲しいのは、今のほうが１００倍以上悲しいですよ。

弟が生きていればよかったのに、と毎日のように仏壇で千尋のことを祈っています。

ぼくよりも先にフィリピンから引き揚げてきた伯父のところにも行きました。がりがりに痩せてミイラのようなのでびっくりしました。

でも、戦争のことは何も話さずに帰ってきました。ぼくは戦争はきらいだから、早く忘れたかったんです。なかったことにしたかった。

ある日、一緒に復員してきた戦友が訪ねてきました。自分は廃品回収の仕事をしているので、手伝わないか、と言うので、手伝うことにしました。

進駐軍をトラックで回って、廃品を集める仕事です。そこから使えそうなものを再生して闇市で売って儲けるのです。結構羽振りがいい商売でした。

進駐軍から回収してきた廃品の中にはアメリカの本がいっぱいありました。装丁などは本当にきれいで、雑誌の広告もセンスがよいのです。

それを見ているうちに、デザインの仕事をまたやりたいな、という気持ちになってきました。

しばらく、廃品回収を手伝っていましたが、ちょうど地元の高知新聞で社員募集をしているのを見つけて、応募して新聞記者になりました。

入社試験の問題は、「高知の日曜市のことを記事にまとめよ」というものでした。ぼくは日曜市そのものを書いたのではおもしろくないので、日曜市に来ている人を取材すると、みんな高知新聞の受験者だった、というオチをつけた話にしたのです。これが試験官に受けたのかもしれません。

はじめは社会部に配属されたのですけど、すぐに雑誌の編集担当になりました。本をつくれば売れる時代でしたし、新聞社は紙の配給がたくさんあったので、全国の新聞社が雑誌をつくっていたのです。

ぼくは、新創刊した『月刊コウチ』の編集部員になりました。部員は4人だけ。編集から座談会の司会、カット、連載マンガ……なんでもやりました。

雑誌の編集と新聞の編集は違います。雑誌はだいたいのレイアウトを決めてからつくっていきますが、新聞は先に記事を印刷にまわして、ゲラ刷りで調整するのです。

編集長は、新聞の人なので、新聞と同じようにやって、あとで「ここあいたから柳瀬さん、カットを描いて」って調子。

ここで出会ったのが、のちにぼくの奥さんになる女性でした。彼女はぼくの目の前に座っていました。

これも運命なのでしょうね。

雑誌の仕事をするうちに、やはり東京で仕事をしたくなって、ぼくは東京に出て、三越の宣伝部に就職します。田辺製薬に戻ることも考えたのですが、帰ってすぐに連絡したら、復職はムリだというので、ほかを探したのです。

東京の町は変わっていた

かつてぼくが働いていた東京の町は戦争ですっかり変わっていました。

東京は何度も空襲を受けて、ほとんどが焼けてしまっていました。

焼け野原に、ぽつんぽつんとビルが建っているばかりで、あとはバラックがあるだけです。

新宿の歌舞伎町あたりもただの原っぱです。新橋は闇市場。

池袋も新宿も闇市場。新宿の闇市は関東尾津組が仕切っていたのだけど、関西からやくざが来たり、朝鮮系の愚連隊も来たりで、しょっちゅうドンパチやっていました。黒澤明《くろさわあきら》の映画「酔いどれ天使」そのままの世界でした。

有楽町のあたりには「有楽町お時」と呼ばれた夜の女のボスがいて、これがパンパンの元締めです。有楽町には夜の女が何百人もいたんです。

町ではどこに行ってもアメリカ軍が威張ってました。

銀座4丁目ではMPが交通整理をやっているんです。横には日本人の警官もいるんだけど、日本人は貧弱なんです。日本人の子どもたちはみんなMPのまねをしたりしていました。

皇居前の第一生命の本館には連合軍の総司令部があって、アメリカ軍のマッカーサー元帥がいました。

終戦直後の銀座4丁目で交通整理をするMP。

今、和光になっている銀座の服部時計店は、アメリカ軍のＰＸ（軍隊の売店）で、アメリカ軍関係者でないと入れませんでした。日本の中にあるのに、普通の日本人が入ってはダメなのです。

日比谷の東京宝塚劇場はアーニーパイル劇場と呼ばれて、アメリカ軍将校向けの劇場でした。そこから江利チエミやトニー谷などが育ってきたんです。ここにも日本人は入ることができません。

日本人が入ってもいいのは、有楽町にあったファーマシーです。そこでは薬品を中心に、アメリカのものをいろいろ買うことができました。ぼくも東京に戻ってからはファーマシーまで、アメリカのものをよく買いに行ったものでした。

アメリカのものを目にしたり、手にする度に、アメリカはすごいなあ、と感心したものでした。

ところが、日本が復興してからアメリカに行ってみると、意外にも向こうのデパートは貧弱なので驚きました。

新しい大衆文化の時代へ

そんな東京でしたが、ぼくの仕事はいくらでもありました。

戦争が終わって、それまで「贅沢は敵」とか「欲しがりません勝つまでは」と言われていた日本の人々は活字や音楽、娯楽全般に飢えていたのです。雨後《うご》の竹の子のように出版社や新雑誌が生まれていました。高級なのも低俗なのもどんどん登場しては消えていきます。そこから、少しずつ残っていくのです。それまで報われなかった作家や音楽家にチャンスがまわってきました。戦後の新しい大衆文化の時代がやってきていました。

ぼくらの宣伝広告の仕事も忙しくなりました。

ぼくは東京に戻ってからしばらく、三越に入る前に、小さなデザイン会社で働いていました。田辺製薬のときの仲間がつくった会社です。

仕事が殺到しているので手伝ってほしいと頼まれたのです。行ってみると、たしかに、次から次に仕事が入ってきて、ぼくも大忙しでした。ぼくはそこで働きながら、広告関係の賞に応募して、デパートの部の部会賞をもらったのです。

それが三越の試験を受けるきっかけです。

ところが、ぼくは口頭試問で生意気な発言をして、一度は落とされたらしいのです。それを覆してくれた高知出身の重役のおかげで三越に入ったようなものです。

この重役のおかげで、ぼくは高知出身の文化人の方たちと知遇を得ることにもなるのです。

日本に戻ってからも、運命の不思議はついてまわっているわけですが、ぼくの戦争体験記はここらで終わりにしましょう。

なんにしても、ぼくはきらいな戦争や軍隊から解放されたのですから。

■ことばの手引き③

◉捕虜

南方の戦線では終戦後、アメリカ軍によって日本兵が捕虜として施設に収容されました。もともと日本の兵隊は「生きて虜囚のはずかしめを受けず」と言う教えを受けていましたから、捕虜にならないために自ら命を落とす兵隊もずいぶんいたそうです。

やなせ先生たちがいた中国では、国民党の蒋介石が過去の怨みは忘れて寛大な処分をする「怨報以恩」という方針をとったために、捕虜が捕らえられたケースはあまりなかったようです。

捕虜がたくさん捕まえられたのは、終戦直前にソ連軍が侵攻した地域、つまり旧満州や樺太などです。ソ連軍は、日本兵だけでなく民間の男性も捕虜としてソ連国内に送り、強制労働につかせました。中でも、極寒のシベリアに捕虜として連れていかれた日本人は、寒さや病気で何万人もが故郷の土を踏むことなく亡くなっています。

◉南の島に雪が降る

俳優で、黒澤明監督や成瀬巳喜男《なるせみきお》監督などの作品で名演を見せた加東大介さんが戦争中の思い出をもとに書いた自伝作品です。

1943（昭和18）年に、2度目の召集を受けた加東さんは、衛生伍長として南方戦線のニューギニアに派遣されました。敵襲と飢えとマラリアなどの病気に苦しめられながら、加東さんは上官の命令で、兵隊の中から人を集めて演芸部隊をたちあげました。その中には、マンガ家の小林よしのりさんのおじいさんもいたそうです。

1961（昭和36）年に文藝春秋新社から単行本が発売されるとベストセラーになり、東宝系の東京映画が加東さんの主演で映画化して、こちらもヒットしました。

●GI

アメリカ陸軍兵士の俗称です。GI帽は彼らがかぶっていた舟形の帽子のこと。

●LCS

アメリカ海軍の小型戦闘艦のことです。大陸からの引き揚げにはこのほか大型艦や輸送船、釜山などの近距離からは上陸用舟艇なども使われました。

●軍曹の給料

軍曹の給料は1943(昭和18)年で、月に約30円。ほかに戦地手当などがあったそうです。支給には給与明細にあたる「俸給支払証票」という帳面が使われたそうです。やなせ先生の言う「通帳」というのは、この「俸給支払証票」のことかもしれません。

●軍票

軍用手票《しゅひょう》のこと。軍が占領地で発行する一種の手形ですが、通貨の代用としても使われていました。しかし、軍が軍票を乱発したためにインフレとなって、戦争末期にはほとんどその価値がなくなっていました。

●浦頭

長崎県佐世保市針尾島にあり、終戦後には厚生省佐世保引揚援護局の検疫所が置かれていた場所です。戦後、海外から引き揚げてきた日本人は、軍人、民間人あわせておよそ629万人。佐世保の浦頭には、およそ140万人が上陸しました。

上陸するとまず、消毒のために全身にDDT(太平洋戦争中にアメリカで普及した殺虫剤。しらみなどを退治するために用いられた)を散布。その後検疫を受けてから、歩いて佐世保引揚援護局に行き、そこで手続きを終えると、南風崎《はえのさき》駅から引揚列車に乗り、それぞれの故郷に戻りました。

現在は、浦頭引揚記念平和公園が整備されて、当時の様子がわかるジオラマや、軍服や日記などの品々が展示されています。

◉GHQ

連合国最高司令官総司令部のことで、General Headquartersの略称です。1945(昭和20)年の10月2日に総司令部は東京都千代田区の第一生命館に設置されました。

連合国というのは、アメリカ、イギリス、中華民国、ソビエト連邦、イギリス連邦諸国などのことですが、実際にはアメリカ軍がほとんどで、最高司令官にもアメリカ陸軍の太平洋陸軍総司令官のマッカーサー元帥が就任していました。ほかには、イギリスとイギリス連邦の軍が一部の地域を担当していただけで、事実上日本はアメリカの占領下に置かれていました。

GHQは、憲法改正や財閥解体、農地解放などさまざまな施策で日本の民主化を進めました。一方では、言論統制や報道管制も行われて、日本人は、自由に発言する権利や、正しい情報を知る権利を長く奪われてしまいました。

これら施策は、GHQの指令を日本政府が実施するという間接統治のかたちで進められました。そのために、占領ではなく「進駐」である、とされていました。しかし、進駐軍というのは実質的には占領軍のことです。

GHQが廃止されて、日本が国としての独立を回復したのは、1952(昭和27)年でした。

◉闇市

戦後、市場の混乱を避けるために米などの食料品やタバコなどは物価統制令によって配給制度がとられていました。しかし、配給物資の不足から、たちまち配給だけでは立ちいかなくなって、闇物資を食べないと誓った裁判官が餓死するという痛ましい事件も起きてしまいました。

生きるために人々は統制外の品物を求め、農村に出かけて、着物などと交換で食糧を手に入れました。警察はこれら闇物資の買い出しに目を光らせるようになり、列車内や駅での検問を強化しましたが、人々はあの手この手で警察の手から逃れたそうです。

また、駅前の焼け跡などには統制の網の目を逃れて、さまざまな商品を売る露店が集まるようになりました。

店先には食べ物だけでなく、日用品や衣類も並んで、本まで売られていたそうです。

これを「闇市」と呼んで、警察は買い出し同様に厳しく取り締まりました。しかし、取り締まりがあると、これらの店は手早く畳まれて、店主も姿をくらましてしまった、といいます。

首都圏では、新宿、池袋、新橋、上野、秋葉原、吉祥寺、下北沢、溝の口、船橋などの闇市が有名で、これらの場所では今も闇市の名残を見ることができます。

◉ＭＰ

軍警察のこと。Military Policeの略です。日本軍では憲兵にあたります。アメリカ軍のＭＰが交通整理を始めたのは、１９４５（昭和20）年の10月頃からで、日本の警官は歩行者のめんどうを見るなどの仕事をしていました。

当時はアメリカ兵のジープによる交通事故が多発して、１９５０（昭和25）年には当時売れっ子だった落語家・三遊亭歌笑《かしょう》がアメリカ兵のジープにひかれて亡くなるなど、死亡事故が何件も起きています。

おしまいに

ぼくは人を殺す戦争はきらいです。憎くもなんともない人を殺すのは嫌なのです。死ぬのも嫌だったけど、もう94歳になると、そっちのほうはどうでもよくなりました。戦争はしないほうがいい。

一度戦争をしたら、みんな戦争がきらいになりますよ。本当の戦争を知らないから「戦争をしろ」とか、「戦争をしたい」と考えるのです。

戦争映画などを見るとカッコイイと思うのかもしれませんが、本当は全然格好よくないのです。

アメリカではスーパーマーケットや学校で銃をぶっぱなす人がいますね。あれは映画やテレビの影響だと思います。悲惨ですね。

こんなことを言うと、「アンパンマンはばいきんまんをアンパンチでやっつけるじゃないか。あれはどうなんだ」と反論する人がいます。

ばいきんまんは人じゃなくてばい菌です。しかも、やられたら「ばいばいきーん」と言い残して去っていきます。そして、また戻ってきて悪さをする。アンパンマンとばいきんまんは、食べ物とばい菌です。だから、仲良くしてもらっては困るのです。それでも、彼らはマンガの中でともに生きています。

ぼくが最近怖いな、と思うのは、殺菌とか除菌がブームになって、ばい菌というだけで目の敵《かたき》にして消毒してしまうことなんです。たしかに、インフルエンザとかノロウイルスは怖い。でも、なんでもかんでも殺菌してきれいにしてしまうのはおかしい。無菌状態になると、今度は人間の抵抗力がなくなってしまいます。それでは本末転倒です。

なんだか、このところ世の中全体が嫌なものはみんなやっつけてしまおう、というおかしな風潮になっているような気がしてなりません。

国同士も同じことです。

国と国が「あいつは気にくわないからやっつけてしまえ」というのではまた戦争になってしまいます。嫌な相手ともなんとかして一緒に生きていくことを考えなければならないのだと思います。

ぼくが言いたいのは、戦争にならないように、日頃からがんばって、みんなが戦争なんてしなくてすむ世の中にしよう、ということです。戦争をしなくていいんだから、軍隊なんていらなくなります。

でも、これはとても難しいことですよ。

第一次世界大戦が終わったとき、世界の人たちは「戦争はもうこりごりだ」と痛感しました。それで、国際連盟をつくったり、軍縮会議を始めたりしたのです。

ところが、平和は長続きしませんでした。

お互いに軍艦の数を減らしましょう、という会議を始めたら、「うちのほうがたくさん減らされて不公平だ」「向こうはずるいんじゃないか」とそれぞれに主張を始めて、国際連盟から脱退する国が出てしまいました。日本もそうでした。

そうかと思えば、「こんなに賠償金をとられたのでは国が滅んでしまう」と反発する国もありました。

よくよく考えてみれば、今だって、世界中で同じような状態が続いています。

ぼくは、戦争の原因は「飢え」と「欲」ではないか、と考えています。腹が減ったから隣の国からとってこようとか、領土でも資源でもちゃんとあるのにもっと欲しいとか、そういうものが戦争につながるのです。

これは、生き物の生存本能だから困ります。

狭い地面に別々の植物を植えておくと、いつの間にか、片方が勢力を伸ばして、片方が枯れているということがよくあります。ちょっとでも肥えた地面をたくさん手に入れようする植物同士の戦争があって、片方が負けたのです。

動物でも人間でも同じことですよ。

ただ、人間は頭のいい生き物だから、なんとかできるのではないか、と思うのです。

ぼくが『アンパンマン』の中で描こうとしたのは、分け与えることで飢えはなくせるということと、嫌な相手とでも一緒に暮らすことはできるということです。

「マンガだからできることだ」「現実にはムリだ」なんて言わずに、若い人たちが真剣に考えてくれればうれしいです。

取材・構成者より〔新装版あとがき〕

ここ数年、「やなせ先生が生きておられたら、どんなふうに考えるだろう」と思うことが増えました。

世の中は不穏な空気に包まれています。日本が戦争のできる国になるために憲法を改正しようという声はあいかわらずです。防衛予算を増やして武器を買う動きも続いています。中国やミャンマーでは武力で市民の民主化運動を鎮圧する動きが出ています。アメリカでは前大統領を支持する暴徒が議事堂になだれ込むという信じられない事件も起きました。ロシアが隣国のウクライナに侵攻をはじめ、戦闘状態は10ヶ月近く経っても終わる気配がありません。もしも、自国が外国から攻められたらどうするのだ、という議論は国同士を疑心暗鬼にさせています。そして、日本では元総理大臣の暗殺事件から、政治の闇が明らかにされてきました。

やなせ先生が言ったように、これら不穏な動きは、「飢え」と「欲」が原因なのでしょう。先生は「人間はかしこい生き物だからなんとかできるのではないか」とも語っていましたが、少し心配になってきます。

そんなある日、この本の中にも何度も出てくる、先生の第二のふるさとである高知県南国市の御免まで行く機会がありました。

高知市からとさでん交通の路面電車に乗って終点の後免町で降りると、やなせ先生がデザインした「ごめんまちこさん」というキャラクターと「愛称ありがとう駅」というプレートがありました。

後免町駅のすぐそばには、ＪＲ四国と土佐くろしお鉄道の後免駅があって、わかりにくいから「ありがとう駅」にしよう、というアイディアを詩にしたものです。そこにやなせ先生はこんな言葉を書いていました。

〈響きあうふたつの美しい言葉　ごめんごめん　ありがとうありがとう〉

ごめん、ありがとう、という言葉は世界中どの国にも存在します。誰もが、この言葉を胸に刻めば、「飢え」や「欲」を克服できるかもしれない。そんなメッセージを感じました。そして、「世界の終わりだなんて、バカを言っちゃいけない。あきらめるのは早いぜ」という先生からのはげましが聞こえたような気がしたのでした。

この本が若い人たちに、どうすればかけがえのない地球を、わたしたち人間を守ることができるのか、考えるきっかけになれば幸いです。

新装版
ぼくは戦争は大きらい
やなせたかしの平和への思い

二〇二二年一二月一三日　初版第一刷発行

著　者　やなせたかし

発行者　尾和みゆき
発行所　株式会社小学館クリエイティブ
〒一〇一-〇〇五一　東京都千代田区神田神保町二-一四
SP神保町ビル
電話　〇一二〇-七〇-三七六一（マーケティング部）

発売元　株式会社小学館
〒一〇一-八〇〇一　東京都千代田区一ツ橋二-三-一
電話　〇三-五二八一-三五五五（販売）

取材・構成　中野晴行
写真協力　毎日新聞社
新装版装丁　大崎善治（SakiSaki）
印刷・製本　図書印刷株式会社

ISBN 978-4-7780-3528-0

＊本書は二〇一三年一二月に小社より刊行した
『ぼくは戦争は大きらい　やなせたかしの平和への思い』の新装版です。